堀米薫

ミルキーウェイ

竹雀農業高校牛部

新日本出版社

ミルキーウェイ

竹雀《たけすず》農業高校牛部／目次

装画　スカイエマ
装丁　中嶋　香織

1　竹雀《たけすず》農業高校

「本当にいいの？」

「はい……」

「そっかあ～」

担任の先生は、成績表と志望校をちらちらと見比べながら、残念そうに声を落とした。

「広瀬《ひろせ》の成績なら、白英《はくえい》高校にも行けるんだけどねえ～」

白英高校とは、県内でも有数の進学校だ。

あたしは、竹雀農業高校への推薦入学を希望した。

農業高校への進学は、中学生になった頃から漠然と頭にあったことだ。

シングルマザーの母さんと、ずっと二人で生きてきた。母さんが会社員としてフルタイムで働いているため、小学生になってからはアパートで一人、母さんの帰りを待つようになった。

学校では友だちグループに入らず、図書室で本を読んで静かに過ごしていた。

あたしにとっては、そんな生活が当たり前のことだった。

小学四年生になったばかりの時、母さんがあたしの誕生日に大きな紙袋をさげて帰ってきた。

紙袋は四角い形に膨らんでいて、期待に胸が弾んだ。

「誕生ケーキ?」

「ううん、ごめん。こんな大きなケーキは買えないよ。かわりに夢生《むう》にプレゼント」

母さんが紙袋から取り出したものは、透明なプラスチック製の四角い箱だった。箱の中で何かが動いている。薄茶色の毛色にまるっとした体。そして、黒いビーズのようなつぶらな瞳。

テレビで見たことがある!

「うわあ、もしかしてハムスター?」

大きな声を上げたあたしに、母さんが顔をほころばせた。

「そう、ハムスターだよ」

「すごい! これ生きているんだよね? ね?」

「うふふ、もちろん、生きているよ」

「でも、どうして? 母さんが買ったの?」

「ううん、会社の人からもらったの。ハムスターが子どもを産んで増えたからって。ケージもつけてもらっちゃった」

ケージの中のハムスターは、新しい家に連れて来られて不安なのか、鼻をひくひくさせて、周りのにおいをかいでいた。

「せっかくだから、夢生《むう》が名前をつけてあげたら」

「そんな……。すぐに、思いつかないよ」

「ぱっと頭に浮かんだやつでいいよ」

「う~ん……。それじゃ、チビ」

「ぴったりだね。ほら、名前で呼んであげなよ」

ハムスターは、手の平にちょこんとのりそうなほど小さかった。

「うん。チビ!」

するとチビは、後ろ足ですっと立ち上がり、黒いビーズのような目をあたしに向けたのだ。

「母さん、今の見た? 自分呼ばれたってわかったんだ」

「ふふふ、そうだね。頭がいい子だね」

「母さん、チビのこと、触ってもいい?」

「もちろん！」

「噛《か》みつかない？」

「おどかさないように、静かに触れば大丈夫だよ」

どきどきしながらケージの扉を開き、両手ですくい取るようにそうっとチビを持ち上げた。

ふわふわしていてカイロのような温かさが心地いい。トクトクトク……。胸の鼓動が手に伝わってくる。しかも鼓動は驚くほど速い。今にも壊れてしまいそうなほど小さいのに、一生懸命に生きようとしている。確かな命の存在に心が震えた。手の平全体で、チビの感触を味わいながら顔を近づけると、焦げくさいようなにおいがした。

「あ……」

チビが、手の中でもぞもぞと動き出した。こぼれ落ちそうになるチビを大急ぎでケージの中に戻す。チビはケージの壁に張りついて、口を鳴らすようなしぐさをした。

「母さん、チビが外に出せって怒っている」

「本当だ。ちゃんと自分の意志を伝えているね」

母さんと顔を見合わせてくすくす笑った。

チビは、あたしにとって大事な存在になった。家に帰ると、チビの温《ぬく》もりと柔らかさが心を溶かし、チビになら、誰にも言えない出来事をそっと打ち明けることもできた。その時初めて気づいた。一人ぼっちで過ごしていた時間は、本当は寂しかったのかもしれないって……。

そんなチビは、あたしが中学生になって吹奏楽部で忙しくなると同時に、自分の役目を終えたようにひっそりと息を引き取った。体を丸めたまま、ケージの中で冷たくなったチビは、まるであたしの寂しさを大事に抱えているように見えた。

チビ、ありがとう。

チビの亡きがらは、アパートの生垣の下に穴を掘って埋めた。

チビがいなくなってしばらくした頃、中学生活はがらりと変わった。新型コロナウイルス流行の影響で、マスク着用に加え、行事や部活動が制限されるようになった。家で過ごす時間が再び多くなり、街のペットショップの前を通るたびに、ハムスターの姿を探してしまった。

ペットショップで働いたら、たくさんの動物に出会えるかな……。そういえば、獣医師とか愛玩《あいがん》動物看護士っていう仕事もあるみたい……。

いつしか、動物に関わる仕事がしたいという気持ちが膨らんでいった。

中学一年生の時の担任の先生は、そんなあたしのことを気にかけてくれて、竹雀《たけすず》農業高校には、動物がたくさんいることを教えてくれた。

「ウサギのような小さな動物の他に、牛や馬も飼っているらしいよ」

牛や馬といえば、ハムスターや犬猫よりも数段大型の動物だ。実際にはどんな生き物なのか興味がそそられた。

竹雀《たけすず》農業高校が、ぐっと近づいてきた瞬間だった。

母さんからは「お金のことは心配しないで。自分の好きな道に進んでほしい」と言われた。けれども、この先何があるかわからないし、母さんには早く楽になってもらいたい。

白英《はくえい》高校へは電車通学になるが、自転車で二十分ほどの距離にある竹雀農業高校なら、通学に関わる経費を考えなくても済む。卒業してすぐに就職すれば、大学進学のための塾に通う必要もない。

さらに、小中学校を通した同級生の中で、竹雀農業高校へ進学を希望したのはあたしだけだった。誰も自分を知らない学校での新生活も、魅力的に思えた。

竹雀農業高校への進学に迷いはなかった。

2　牛部　高校一年（春）

「なんだか、ぐっと大人っぽくなったね」

入学式の日、竹雀《たけすず》農業高校のエンブレム付きのブレザーを着たあたしを前に、母さんが眩《まぶ》しそうに目を細めた。中学時代はショートカットにしていた髪も、卒業が近づいた頃から少しずつ伸ばし始めていた。高校に入ったら憧れのミディアムヘアにするつもりだ。

「もう高校生だし！」

白いマスクをつけながら、わざとそっけない返事をした。まだまだ甘えたい気持ちと背伸びしたい気持ちがない交ぜになっていた。

入学式も終わり、母さんと高校の敷地のはずれまで来た時、はたと足が止まった。

は？　あれ、何？

視線の先に、竹雀農業高校のロゴの入った作業着姿の女子生徒がいた。隣にいるのは牛だ！

ベージュのマスクをつけた女子生徒が、道路脇の草地を、自分の体の三、四倍はある大きな牛と一緒に歩いているのだ！

うそ～……。

口をぽかんと開けたままその場に立ち尽くした。

新入生たちがざわざわと行きかう中、女子生徒は牛に繋《つな》いだロープを引きながら、落ち着いた様子で歩いている。黒白模様の大きな牛がのたりのたりと歩きながら、手を伸ばせばすぐのところまで来た。ビロードのような体毛がつやつやと光っている。

初めて目《ま》の当たりにした実物の牛！　いったいどんな生き物なんだろうか。

気がつくと、口から声が出ていた。

「触っても……。いい、ですか？」

「え？」

女子生徒が歩みを止めると、牛もそれに従った。

母さんが、あたしの腕をつかんで引き止めた。

「あぶないよ……」

確かに牛は体が大きい。が、怖いとは思わなかった。牛と女子生徒の間にあるゆったりとした空気のせいだろうか。

「大丈夫ですよ。ナツキ、おとなしくしていてね」

女子生徒はマスク越しに穏やかな声で言うと、牛の首に結んだロープを手に巻くようにして、ぐっと自分の方へ引き寄せた。牛の顔が、どんと目の前に近づく。

うわ、でかい。あたしの顔の三倍はある！

「どうぞ。そうっと撫《な》でてみて」

一瞬ひるんだが、自然と牛の首筋に手が伸びていた。

何とも心地よい滑らかな毛の感触。そして、じんわりと伝わってくる温かさ、記憶の蓋《ふた》を開けて蘇《よみがえ》ってくる、焦げくさいにおい。

あ……、これはチビのにおいだ。あたしと共に生きてくれた、小さなハムスター……。

でも待てよ。目の前にいるのは、チビとは比べ物にならないほど大きな牛だ。しかも、かすかに牛乳のようなにおいもする。

牛は、大きな目でじろりとあたしを見た。

濡《ぬ》れたガラスのように艶《つや》やかな黒い目。なんてきれいなの！　吸い込まれそう……。

「新入生？」

「あ、はい！」

女子生徒の声に、はっと我に返る。

「わたし、田村愛《たむらあい》。牛部の二年生」

「う・し・ぶ？」

何それ？　きょとんとするあたしに、女子生徒はふっと目を柔らかくした。

「授業前と放課後に、実習用の牛の世話をする部活動のこと」

女子生徒は後ろを振り返り、緩やかな登り坂の頂きに見えるクリーム色の建物をまっすぐに指さした。指の先には、雲の中にぽっかりと晴れ間がのぞいたように、鮮やかな青色に塗られたドアが見えた。

「あそこが牛部の部室だから。よかったら来てね」

アーモンドのような形の目を細めると、女子生徒は牛と共に、また歩きだした。


入学二日目の放課後、あたしは女子生徒の言葉に導かれるように、牛部の青いドアの前に立っていた。真鍮《しんちゅう》製のドアノブが鈍く光っている。

この青いドアの向こうには、どんな世界が広がっているのだろう……。

なんだかぞくぞくする。ドアの向こうの世界があたしを呼んでいるような気がするんだもの。でも、この先、どうすればいい？　こんにちは、とか、おじゃましますって言えばいいの？　とりあえずノックするか……。

手を軽く握った瞬間、青いドアが開いて、風があたしの顔をふわりと撫《な》でた。ドアの横から顔を出したのは、入学式の日に出会った二年生の田村愛《たむらあい》。愛先輩だった。愛先輩は、京人形のようにまっすぐに切りそろえた黒髪を揺らしながら、うれしそうに言った。

「うふふ。牛部へようこそ。必ず来ると思ってた」

あたしはその日から、牛部の部員になった。

次の日、後ろの席から「広瀬《ひろせ》さ～ん。もう部活決めた～？」と、ハスキーな声が聞こえた。農業科一年生三十人のうち、女子は十二人。声の主は、髪をベリーショートにし、一見ボーイッシュな名取萩子《なとりはぎこ》だ。

竹雀《たけすず》農業高校には、運動部だけでもバレー、バスケ、野球、陸上、ボクシング、ダンス、バドミントンなどがあり、入学式の日には部活勧誘が盛んに行われていた。文化部も盛んで、写真、演劇、文芸、美術、調理など、さまざまな部活動があった。

「うん、まあ……」

「え～、早～い！　何～？　あたし、広瀬《ひろせ》さんと同じ部活にする～」

萩子《はぎこ》は人懐こい笑顔でぐいぐいと話しかけてくる。あたしとは真逆のタイプだ。

これまでずっと、トイレに行くにも行動を共にすべきという無言の圧力や、誰かの悪口を言うことで結束を固めるような、友だちグループ特有の雰囲気が苦痛でたまらなかった。自分を守るためにも、友だちとは距離を取りながらつき合ってきた。

萩子は、距離を取る暇さえも与えてくれない。ポンとあたしの懐に飛び込んでくる。

不思議と嫌な感じはしなかった。

果たして本当に、自分と同じ部活に入るのだろうか。

戸惑いながらも、部活の名前を萩子に告げた。

「牛部……」

「え、何？　もう一度言って～」

「だから、牛部」

「は？　牛ってあの牛～？」

萩子は、目を丸くしながら、頭の両脇にひとさし指をぴんと立てた。

授業が終わるとすぐ、萩子《はぎこ》は、あたしと一緒に牛部の見学に行った。

「うわあ〜、大きいねえ〜」

萩子は牛にそっと手を伸ばし、こわごわ体を撫《な》でた。そのまましばらく牛を見つめていたかと思うと、即決で愛《あい》先輩に入部を伝えた。

部室からの帰り道、萩子に聞かずにいられなかった。

「あの……。名取《なとり》さんって、もとから牛が好きだったの？」

「ううん、本物の牛に会うのは初めてだよ〜。体が大きいから一瞬ひるんじゃったけど、牛ってまつげはバサバサって長いし、めちゃくちゃ優しい目をしているよね。あの目にひき込まれちゃったんだ〜。ギャップ萌《も》えってやつかな、へへ」

この子、あたしと同じ……。

萩子はあたしの手を取り、ぎゅっと握った。

「ねえ、さんづけで呼ぶの、やめにしない？　うちらもう牛部の仲間だよ。それに、入学してから広瀬《ひろせ》さんのことがすんごい気になってたんだ。ぜったい友だちになるってビビッてきたんだよね〜」

「はあ？」

ビビッて……。こんなに明るい子と引っ込み思案のあたしが友だちになれるの？

ぽかんとしていると、萩子《はぎこ》があたしの手を握ったまま、ぶんぶんと振り回した。

「あはは、やだ～、そんなにびっくりした顔しないでよ～。ねえ、おはぎって呼んで。あたしも夢生《むう》って呼ぶからさ～。いいよね、夢生！」

「あ、う、うん……」

勢いに押されてうなずいてしまった。同時に、自分の口元がほころんでいるのがわかった。

これからは、この子を「おはぎ」と呼ぶ。

おはぎといるだけで、別な自分が引き出されていく予感がしていた。


竹雀《たけすず》農業高校の農業科では、一年生の時は、英語や国語などの一般教科の他に、園芸科、食品加工科、農業機械科など他科の概要も一通り教わる。二年生になると、作物や畜産の専門教科を学習するとともに、実際の作業を通して学習する「実習」が本格的に始まる。

専門教科の授業をするのが、担任の石川《いしかわ》先生だ。実習は、片倉《かたくら》先生と他二名の先生が担当した。五十代の石川先生は丸顔に丸眼鏡がトレードマークで、親しみやすい笑顔を絶やさない。牛部の顧問でもある片倉先生は四十代で、いつもどっしりと落ち着いているが、牛について語り始めると、とたんに目が輝き口調が熱くなる。

農業科では、稲作や畑作の他、牛や鶏、豚やウサギなどの家畜全般についても幅広く学ぶ。毎日牛に触れていたいあたしのような牛好きにとっては、牛部の活動は何よりの楽しみになった。

授業が終わると、おはぎと二人で一緒に部室へ向かう。

のんびりと歩くあたしたちの横を、運動部の生徒たちがびゅんびゅんと空気を切るように走っていく。

彼らの後ろ姿を見送るや否や、何を思ったか、おはぎがその場でジョギングを始めた。

「ねえ、うちらも、体の大きい牛の相手するんだったら、ランニングとかやったほうがよくね？」

「いやいや、あたしたちがランニングする？　牛ってのんびりしているよね」

「あ、そういえば、牛歩って言葉あるっけ～」

「歩みが遅いたとえだよ」

「牛と亀で競争か～ってね～」

たわいもない会話をしながら部室に着くと、愛《あい》先輩が牛を連れて牛舎の外に出るところだった。

いいなあ。あたしも、牛を引いて歩いてみたい。

心の声が伝わったのか、愛《あい》先輩があたしに向かって握っていたロープを差し出した。

「ちょっとだけ、ナツキと歩いてみる?」

「え、いいんですか?」

突然巡ってきたチャンスに戸惑いながらも、手渡されたロープを受け取る。灰色のロープはごつりと固い感触で、いかにも丈夫そうだ。愛先輩が、牛の頭部に巻きつけてあるロープを指さした。

「これは頭絡《とうらく》っていって、牛の動きを制御するためのロープだよ。こんな風にしっかり握って牛の横に立って」

教えてもらったように右手で頭絡を握り左手でロープを持って、ナツキと一緒に歩み始めた。

二歳になったばかりのナツキは体重が五百八十キロあるという。そんな巨体をロープ一本で制御するなんて、どきどきする。

「ナツキはちょっと怖がりのところがあるから、ペースを乱さないように気をつけてね」

愛先輩の一言で急に不安が込み上げる。

気をつける？　そんな……。いったいどう気をつければいいの？

「あの、愛《あい》先輩……」

助けを求めようとした時、男子生徒の乗ったスクーターが、ブオーと派手な音を立てながら近くを走り抜けて行った。

音に驚いたのかナツキが顔を大きく振る。その瞬間、頭絡《とうらく》から右手が離れた。

「へ……？」

ナツキが、とっとっとっと歩みを速めたではないか。左手の中のロープが、ナツキに引っぱられてするすると逃げていく。もう、何が牛歩だよ。牛の歩みってまじ速いじゃん！

「うわあ、ちょ、ちょっと待って〜！」

あわてて後を追いかけようとしたが、愛先輩に「ここにいて」と手で制された。

「たぶん戻ってくるから」

愛先輩の言葉通り、ナツキは前方から高校生の集団が歩いて来るのを見ると、あたしたちの方へくるりと向きを変えた。

本当だ、戻ってくる！　でも、このままじゃ通り過ぎていってしまう。

すると、愛先輩が「ドウ、ドウ」と、低めのトーンで声をかけながら両手を広げ、ゆっくりとナツキに近づいていった。ナツキが足を止めたのを見計らい、脇からそっと近づいて頭絡《とうらく》を握り、「よしよし、もう大丈夫だよ」と声をかけた。

何これ、す、すごい……。

一瞬見とれてしまったが、すぐに気を取り直して、愛《あい》先輩の元に駆け寄った。

「先輩、すみませんでした！」

愛先輩は、おかしそうに笑いながら、ナツキを引いて歩いた。

「うふふ、あやまらなくてもいいよ。夢生《むう》はまだ牛の扱いに慣れていないものね。ナツキも不安になっちゃったんだよ。あたしも初めの頃はよく牛に逃げられたし。うふふ」

「え〜、先輩も？」

「そう、牛がパニックになってどうしようもなくて、片倉《かたくら》先生が軽トラで追いかけて、先生たち総動員で連れ戻してね。大騒ぎだったんだから。うふふ」

「まじですか……」

そう、牛はけっしてのんびりしているだけの動物ではないのだ。

3　愛のおきて

休み時間となれば、教室の中は、授業や部活、アルバイト、つき合っている人の話などのおしゃべりで賑わう。

「まじ、あの授業わかんねえし！」

「今度、投球練習場が増設されるらしいってよ」

「ねえ、園芸科の男子とつき合ってるんだって？」

喧騒《けんそう》に、汗や柔軟剤のにおいがごったに交じり合う。一方、あたしとおはぎは無香料の洗剤を使っていた。愛《あい》先輩が「強いにおいで牛たちにストレスを与えたくないから、無香料の洗剤を使うようにしているんだ」と言っていたから。

入部した当時、牛舎には、搾乳中の牛が七頭、子牛を産む前後で搾乳を休んでいる牛が三頭、そして育成中の子牛が二頭いた。搾乳牛は、牛ごとに仕切りのついた「牛床《ぎゅうしょう》」という寝床に繋《つな》がれ、時々戸外の運動場で過ごしている。すべて黒白模様でお馴染《なじ》みの、ホルスタイン種だ。

ホルスタイン種の原産地はオランダからドイツのホルスタイン地方で、乳量が多く、世界中で最も多く飼われ、日本で飼われている乳牛の約九十九％を占めている。

牛舎は十年前に改装されたが、牛部の部室は、もともとは家畜を管理する職員が寝泊まりしていたという古い建物だ。畳一畳ほどの土間と、膝上の高さに二畳ほどの畳敷きがある。奥には布団も入れていたという物置もある。そこで、制服から実習用の作業着に着替える。部室を出て牛舎に向かうと、牛のフンと牛乳のにおいとともに、牛たちが待っている。

搾乳の時間は早朝六時と午後四時の二回。朝は片倉《かたくら》先生がメインに行い、夕方は牛部の生徒がメインに行う。

牛舎に入る際は長靴を薬剤で消毒する。搾乳に先立って牛に餌を配っていくことなど、牛部に入って初めて知ることがたくさんあった。牛が餌に集中している間に搾らせてもらうのだ。愛《あい》先輩も片倉先生も、乳を「搾る」ではなく「搾らせてもらう」という。それがとても新鮮に感じられた。

シャクシャクシャク。

餌を配りだすと、牛舎の中はたちまち、牛たちが餌を食べる音で満ちていく。

初めて搾乳の仕方を教えられた時、手順の多さに驚いた。

最初に乳頭を薬剤で消毒してから、乳を少しだけ手搾りし、乳の色が黄色く変色していないか、固形物が混じっていないかを確認する。さらに、搾り初めに出てくる乳は、細菌を含んでいる危険性があるためカップの中に搾り捨てる。

状態を確認した乳は、牛舎の中央に置いたバケツに捨てる。安易に床に捨ててしまえば、たちまちそこで細菌が繁殖してしまう。床に寝そべった牛の乳頭から細菌が入りこめば、恐ろしい乳房炎を引き起こしてしまうという。

次に、乳を搾るためのミルカーという機械を乳頭に装着する。搾乳が終われば、乳を搾り切ったことを確認してミルカーを外す。最後に再び乳頭に消毒用の薬剤をつける。

これらの作業もスムーズに行わなければ、牛にストレスを与えてしまうと厳しく注意された。牛を守るためには、細心の注意を払って、リスクを排除していかなければならない。

「乳牛って、ものすごくデリケートな動物なんだよ」

初めは愛《あい》先輩の言葉を意外に感じていた。体が大きくのんびりとしたイメージから、「デリケート」という言葉がなかなか想像できなかったからだ。

乳牛は一年中乳を出しているのではないことも、牛部に入って初めて知った。牛は子牛を産んで初めて乳が出る。子牛が飲む以上の量が出るように、家畜として改良されてきたのが今の乳牛なのだ。

さらに、牛の世話には休みがないことも、牛部に入って初めて気づいた。あたしが一食でもご飯抜きに耐えられないように、牛も、休みだからと餌をやらないわけにはいかない。さらに、毎日決まった時間に搾乳しなければ、乳房が炎症を起こしてしまう。

土日や長期の休みや正月には、実習担当の先生たちが当番制で牛の世話をしていた。休みの日だけでなく、たとえ自分の体調が悪い時であっても、牛の世話を簡単に投げ出すことはできないのだ。

愛《あい》先輩が繰り返し言うことがあった。

「牛は一生懸命にお乳を出してくれる。人は、お乳を分けてもらうために安心して暮らせる環境を提供する。ここではね、人と牛が一緒に働いているんだよ」

人と牛が一緒に働く……。

それって、どういうことなんだろう。

いつか、その意味がわかる時が来るのかな。

牛は、搾乳や運動の時間以外は牛床《ぎゅうしょう》に寝そべりながら口を動かしていた。牧草を消化するために発達した四つの胃袋を持ち、その中でも最大の胃袋から口の中に吐き戻した牧草を歯ですり潰すことを繰り返す。これを反芻《はんすう》という。

クチャリクチャリ。

牛はひたすら食べ続ける。生きることにだけ集中している音だ。反芻する牛は、いつまで見ていても飽きない。

片倉《かたくら》先生が、そんなあたしたちに、意味ありげな口調で言った。

「きみたちは、牛は単に草を消化吸収している動物だと思っているかな？」

「はあ？」

先生ったら突然何を言い出すんだろう。おはぎと顔を見合わせ、おそるおそる口を開いた。

「牛って、牧草を食べる草食動物……ですよね？」

「いや、それが、草を直接消化吸収しているんじゃないんだよ」

「うそ～」「なんで？」

片倉先生は、「あはは」と愉快そうに笑うと、畜産用のフォークで牛に牧草を与え始めた。

さっそく牛が牧草を食べ始める。

おはぎが口をとがらせた。

「ほら～。片倉《かたくら》先生、牧草を食べているじゃないですか～」

すると片倉先生は、牛の横に回って腹の中の胃袋の位置を指で指し示した。

「ここにある第一胃と呼ばれる胃袋の中では、微生物の働きで植物繊維が分解され、エネルギー源となる脂肪酸が作られているんだ。役目を終えた、大量の微生物は四番目の胃袋に送られて消化される。つまり、牛は最終的に、微生物をタンパク源として利用してしまうんだ！　なっ、すごいだろっ」

片倉先生が、牛のことを熱く語りだす瞬間が好きだ。片倉先生の「推し」は牛なのだ。

そう、たぶんあたしも。


牛の扱い方にだいぶ慣れた頃、あたしは、五歳のナオという牛に惹《ひ》きつけられるようになった。搾乳の際にあたしたちが側でもたつくと、神経質な牛は後ろ足で蹴ろうとする。ナオは自らそっと体をよけてくれるような、性格の穏やかな牛だった。

牛舎の外を見ながら、リラックスした様子で反芻《はんすう》するナオ。その周りには、牛時間というのだろうか。あたしたちを追いまくるような時間とは別の、ゆったりとした時間が流れているような気がしてならない。

そんな時間を共有したくなっておはぎを誘った。

ナオの側に腰を下ろすと、おはぎと一緒に大きな背中にそっともたれてみた。ナオは、びくりともせずに反芻《はんすう》を続ける。牛が呼吸するのに合わせて、あたしたちの体も上下し、牛の温かさが、まるでカイロのようにほかほかと伝わってくる。牛の平熱は約三十九度。あたしならとっくに寝込んでいる体温だ。

おはぎが、うっとりしたようにつぶやいた。

「癒《いや》される～。これって、まじトトロ？」

「あ、ほんとだね」

アニメ映画『となりのトトロ』では、森に住むトトロという大きな生き物のお腹《なか》の上に落ちたメイという女の子が、あまりの気持ち良さに眠ってしまうのだ。

あたしたちは、うっとりと目を閉じた。

すう……、すう……。

上下するナオのお腹が、ゆりかごのようにあたしたちを揺らす。

人の気配にはっと目を開けると、愛《あい》先輩が笑いをこらえるようにしてあたしたちの顔を覗《のぞ》き込んでいた。

「二人とも気持ちがいいのはわかるけどさ。もう搾乳の準備をする時間だよ」

「え？　やば……。うちら寝ちゃったんだ。ほら起きて！」

うろたえながら、まだ夢心地のおはぎの手をつかんで引っ張りあげた。

実習用に飼われている十二頭の牛の中で、ナオはまるで母親のように、あたしたちを甘えさせてくれた。

4　ミルキーウェイ　高校二年（春）

二年生の春。新型コロナウイルスへの対策が緩和され、マスク着用は個人の判断となった。学校生活もこれまでを取り戻すように動き始め、牛部には、ごろちゃんこと山元悟朗《やまもとごろう》と、みねちゃんこと亘理美音《わたりみね》の、新入生二人が入部してきた。ぽっちゃりした印象のみねちゃんは、入部したその日に、牛フンで滑って転んだほどの運動音痴だ。ごろちゃんは、ショートボブの優しい顔立ちから、一瞬女子かと見まがってしまう。

愛《あい》先輩、あたし、おはぎ、そして、ごろちゃんもみねちゃんも、親は会社勤めで、農業とは縁のない暮らしをしてきた。全員、牛に触れたのは農業高校に入って初めてだ。

農業高校には、家が農家で牛を飼っている子も、もちろん来ていた。彼らは牛の扱いにも余裕があり、クラスメイトからは秘《ひそ》かに尊敬を集めていた。逆に彼らにとっては、非農家育ちで牛が好きでたまらないというあたしたちが、新鮮に見えているらしかった。

ちょうど彼らの多くが運動部を選んでいたこともあり、牛部には、たまたまあたしたちのような非農家出身の子が集まっていた。

一度だけ、愛《あい》先輩に質問したことがあった。

「愛先輩は、どうして牛部に入ったんですか？」

すると愛先輩は、「う〜ん」とちょっと首を傾けてから、目をキラキラさせながら言った。

「世の中には、犬好き、猫好きがいるよね。多分それと同じように、牛に魅入られる人間がいるんだよ」

「魅入られる？」

「そう、フォーリンラブ」

愛先輩はドラマのワンシーンのように、ひとさし指で「ばん！」と、あたしの胸を射抜くまねをした。

「う……！」

両手で胸を押さえると、おはぎが大げさにのけぞった。

「ちょっと〜、夢生《むう》、まさかの女優か〜」

「そのリアクションする？　せっかく迫真の演技を見せたっていうのに」

「柄でもないことするからじゃ〜」

柄じゃないってことはわかっている。おはぎと仲良くなる前のあたしだったら考えられなかったもの。恥ずかしさで顔が熱い。でも、その時、妙に納得したのだ。

あたしは牛が好き。飽きることなく牛を見ていられる。

牛部に集まってくるのは、そんな、牛に魅入られた人間たちなのだと。


牛部に入ってから、乳牛のサイクルを肌で理解できるようになった。子牛は生後二か月で離乳し、十二〜十四月齢で種付け（授精）をする。妊娠期間は人と同じ約十か月だ。牛舎の黒板には牛たちの分娩《ぶんべん》スケジュールが書き込まれていて、四月下旬には、三歳になるメイリーンという牛がお産を控えていた。

新年度の牛部が動き出して二週間が過ぎた。おはぎと共に牛舎に入った時、奥の方から片倉《かたくら》先生の声がした。

「お〜い、子牛が生まれたぞ〜」

こっちに来いと、手をひらひらと振っている。

あれ？　メイリーンの分娩予定日は一週間後だったはず。

「生まれちゃったんだね……」

「もうちょっと早く来ればよかったよ〜」

入学してから何度か子牛が生まれていたが、授業中や夜遅くに生まれ、なかなか分娩《ぶんべん》の瞬間に出会うことはできなかった。それでも、子牛の誕生にはいつも心がときめく。

片倉《かたくら》先生の隣には、愛《あい》先輩がいた。両手で柵にもたれながら子牛を見つめている。子牛に心を奪われてしまったみたいにうっとりと……。

声をかけるべきかためらっていると、おはぎが先に声を出した。

「先輩、子牛はオスとメスのどっちですか〜?」

愛先輩がはっと目を大きくして顔を上げた。あたしたちが来ていることに気づいて、白い歯を見せた。

「メスだよ」

「立ち会えたんですか〜?」

「うん。メイリーンは教科書通りの安産だったよ」

愛先輩の声が、興奮を残して熱を帯びている。

いいなあ。あたしも立ち会いたかった。うらやましい気持ちが抑えられない。

子牛がいるのは、哺育《ほいく》専用に柵を組み合わせて作られた小部屋だ。生まれるとすぐに人の手で哺乳するために小部屋へ移される。子牛と母牛が引き離されることを初めて知った時は、正直、牛がかわいそうに思えた。

そんな気持ちが表情にも出たのだろう。片倉《かたくら》先生はこう言った。

「きみたちからすれば、かわいそうに思うかもしれないね。ただ、子牛専用の部屋で人が哺育するのには、利点もあるんだよ。衛生的に管理できることで、母牛の乳房炎や子牛の病気のリスクを抑えられるんだ。もちろん、母牛と子牛を一緒にしておいて、母牛の乳を飲ませる農家も少なからずいるよ。けれども、自然に離乳するには数か月かかる。その間に搾乳ができないとなると経営に響いてしまうんだ。経営が成り立たなければ、牛を飼い続けることも出来なくなってしまう」

それからこうも言った。

「だからこそ、人は牛たちのために精一杯働かなくちゃいけないんだよ」と。

あたしは、この世に生まれ出たばかりの子牛を見つめた。目を閉じ、たっぷりと敷かれたワラに寝そべっている。時々、ハフッと大きくため息をつくのも愛らしい。

小さくても、必死で生きていこうとしている命だ。あたしは、この子のために精一杯働かなくちゃいけないんだね。

片倉《かたくら》先生が、牛部の部室へ行くと、ノートを片手に戻ってきた。

「田村《たむら》は名前を決めたかな？」

名前とは子牛の名前だ。牛部では生徒に、生まれた子牛の命名権がある。メイリーンの子牛の命名権は愛《あい》先輩が持つことになっていた。パンダのような黒白模様の可愛《かわい》いメスの子牛。どんな名前にするんだろう。わくわくしながら愛先輩の横顔を見つめた。

愛先輩はこくりとうなずき、澄んだ声で言った。

「ミルキーにします」

「わあ、可愛い名前ですね！」

誰かと思えば、いつのまにか、ごろちゃんとみねちゃんがあたしたちの後ろに立っていた。

片倉先生は「ミルキーで決定」とつぶやき、ノートに名前を書き留めた。

ごろちゃんが、おでこのあたりを指でかきながら上目づかいに愛先輩を見た。

「あの～、ミルキーって名前に、何か特別な意味あるんですか？」

「何言ってんの～。ミルキーってミルク。牛乳そのものじゃん～」

「名取《なとり》先輩、そのぐらいおれだって知ってますよ。ただ、何か当たり前すぎるかなって」

「こら！」

おはぎがごろちゃんの腕をぺしっとたたく。

「確かにミルクじゃ、牛乳そのまんまだよね」

愛《あい》先輩は「うふふ」と笑いながら立ち上がった。部室に向かって歩き始めながら、後に続くあたしたちに静かに問いかけた。

「ねえ、皆、天の川って英語で何ていうか知ってるよね」

「はて、何だっけ？　夢生《むう》、英語得意だよね〜」

おはぎがちゃっかりあたしに押しつける。ごろちゃんたちまで期待の目で見てくるし……。

え〜と……。あ、小さい頃母さんに読んでもらったギリシア神話の絵本！　女神ヘラの母乳が溢《あふ》れて流れたお乳の道……。

「ミルキーウェイです」

「うん、それ」

愛先輩がうれしそうにうなずく。足を止めると、牛舎の窓の遠くに目を向けた。

「宇宙の本を読むのが好きだから時々想像するんだ。あたしたちの住む地球は天の川銀河に抱かれている。そんな風に、やがてミルキーのお乳があたしたちを抱いて生かしてくれる。ミルキーって名前には、そんな願いも込めたんだけどな」

ミルキーウェイ……。白いお乳を流したように、漆黒の夜空に横たわる淡い光の帯。

あたしはほうっとため息を一つ吐いた。ミルキー……。壮大で美しい名前。

おはぎが愛《あい》先輩の腕にぎゅっとすがる。

「先輩～、めちゃかっこよすぎるじゃないっすか～。そんなこと聞いちゃったら、これから先、名前をつける生徒はまじプレッシャーっすから～」

「ほんとっすよ」

「プレッシャー、プレッシャー！」

おはぎやごろちゃんの賑《にぎ》やかな声に驚いたのか、牛たちが耳をパタパタと動かしている。

あれ、そういえば片倉《かたくら》先生は？　牛舎の奥を見ると、片倉先生が子牛の方に屈《かが》み、頭を撫《な》でながら何かを語りかけている。まるで幼い子に噛《か》んで含めるように、優しくゆっくりと。

口の動きから「来年……」って言ったような。ん、どういうこと？

片倉先生が急に立ち上がった。

うわ、こっちに来る。慌てて皆の後を追った。

5　乳牛コンテスト（六月）

愛《あい》先輩がナツキと共に、六月に開催される同志会乳牛コンテストに出場することになった。新型コロナウイルス感染防止のために中止が続いていたが、再開が決まったのだ。

ホルスタイン種の乳牛の理想的な体型を競うコンテストには、酪農家などが集まった乳牛改良同志会が主催するものと、一般社団法人が主催するものの二種類がある。愛先輩が出るのは、同志会主催の乳牛コンテストだ。

審査では、牛を引いて会場を一回りしながら、体つきや骨格、脚や蹄《ひづめ》、乳房の状態、全体の活力が審査される。乳量が多く病気になりにくい乳牛の体型が、理想の体型とされてきたが、現在では、遺伝子を検査すれば、その牛が将来乳をよく出す形質を持っているかが瞬時にわかってしまう。

片倉《かたくら》先生は、コンテストに牛を出場させる意味をこう教えてくれた。

「現在は遺伝子を調べれば牛の能力がわかってしまう時代だ。けれども、どんなに優れた遺伝子を持っていても、管理が行き届かないために体型が崩れたり、病気や怪我《けが》で能力が発揮できなかったりすることもある。我々にできることは、牛が生まれ持った能力を存分に発揮できるようにしてあげることだ。結局は、牛と共にある人次第。その牛と出会った人が問われるんだよ」

その牛と出会った人が問われる……。

大切なことを言われたようで、どきりとした。

同志会乳牛コンテストに向けた準備は、春休みから始まっていた。牛を引いて審査場を歩く人をリードマンと呼ぶ。乳牛コンテストでは、審査場を歩きながら牛の美しさをいかにアピールできるか、リードマンの手腕も少なからず影響する。愛《あい》先輩とナツキが一緒に歩く練習の他、あたしとおはぎが加わって、ナツキの体毛を短く刈りシャンプーをし、磨き上げる作業が続いていった。

六月上旬、ついに同志会乳牛コンテストの日がやってきた。あたしとおはぎも、ナツキの世話をするために、初めて会場へ同行することになった。早朝におはぎと共に牛舎の前で待っていると、愛《あい》先輩が白い服に身を包んで現れた。リードマンは、革靴に、白でそろえたパンツ、シャツと帽子を身につけることが決められている。

片倉《かたくら》先生はナツキを乗せたトラックですでに会場へ向かっていた。愛先輩、そしてあたしとおはぎは、石川《いしかわ》先生の運転する乗用車で会場へ向かった。

コンテストの出場区分は、まだ子牛を産んだことのない「未経産牛」の部と子牛を産んだことのある「経産牛」の部に大きく分かれ、さらに月齢ごとにクラスが細かく分かれている。ナツキは「経産ジュニア三歳クラス」に出場する。

会場に着いて牛の繋《つな》ぎ場に向かうと、出場する牛がずらりと勢ぞろいしていた。

うわあ、きれいな牛ばかりだ！　居並ぶ牛たちを前に目を見張った。

県内の酪農家が、自慢の牛を出場させているのだ。体毛はつやつやとして、どの牛も輝いて見える。さらに、酪農家たちが、繋がれた牛の間を忙しく行き来しながら声をかけ合い、互いの牛を冗談交じりに批評し合っては、大きな笑い声を上げている。

まるでお祭りのように高揚した雰囲気の中で、緊張感がどんどん高まってくる。

「ほう、これが、竹雀《たけすず》農業高校の牛か」

突然、がらがら声が聞こえた。同志会会長の丸守《まるもり》さんだ。眉も髪も真っ白で高齢に見えるが、青いコートを羽織った体はがっちりとして活力に満ちている。丸守《まるもり》さんが、品定めをするようにナツキの体全体に目を走らせる。

おはぎがあたしの耳元でこっそりとささやいた。

「丸守さんってやばくない？　まじ、目からビームが出てるし～」

「し！」

丸守さんの目がぎろりとあたしたちに向いたような気がして、急いで唇に指をあてた。

「お～い、角《かく》ちゃん、ここ、セットしてやって！」

丸守さんが、奥に向かって手を振った。角ちゃんと呼ばれた農家は、恰幅《かっぷく》のいい中年のおじさんだ。白い長靴を履き、前を全開にした青いコートをマントのようにひるがえしながらさっそうと現れた。スーパーマンとはかなり違うけれど、妙にかっこいい！

角さんは、肩に下げたショルダーバッグから木製の櫛《くし》を取り出した。ナツキの尻尾の毛を櫛でさっととかし、器用な手つきで編んでいく。あっという間に、尻尾に形のいい三つ編みのおさげができあがった。

「ナツキ、可愛《かわい》い！」

「な、めんこいすぺ？」

角《かく》さんが満足げに口角を上げた。

次に、角さんはポシェットから鋏《はさみ》を取り出し、櫛で背中の毛を立ち上げながら綺麗《きれい》に切りそろえていった。最後に、ポシェットからスプレーを取り出し、シューッと吹きつけると、背中の毛はまるでモヒカンカットのようにピンと固まった。

すご……。プロの手業《てわざ》に見とれてしまう。

自分の前髪を切るだけでも、ためらってばかりでうまく切り揃《そろ》えることができずに、数日は落ち込むことの繰り返しだ。

今ここで、牛の毛をまっすぐに切れと言われたら……、とてもじゃないが無理！

次に角さんは、尻尾の三つ編みを解き、太い指で毛をほぐしながらスプレーをかけた。たちまち、ナツキのお尻にフランス貴族の巻き髪のような尻尾が現れた。

真剣にモヒカンカットと巻き髪を作っているのは、今時の女子高生ではない。顎に剃《そ》り残した髭《ひげ》がぽつぽつと飛び出ている、ごついおじさんだ。

「そろそろ出場の時間だよ！」

片倉《かたくら》先生が呼びに来て、愛《あい》先輩はナツキと共に繋《つな》ぎ場を出ていった。

「うちらも行くべし！」

「うん」

あたしたちは観客席の後ろに回り、審査の様子を見つめた。観客席といっても来賓以外は立ち見席だから、前の人の間から覗《のぞ》くしかない。

どきどきしながら待っていると、ナツキと同じような体格の牛たちが次々と入場してきた。思わず感嘆の息を漏らす。

「うわあ、どの牛もきれい……」

「まじモデルウォーキングだよ、これ～」

すっすっと足を出し、一定のテンポで歩いていく牛たちは、さながらランウェイを華麗《かれい》に歩くファッションモデルだ。おはぎが会場を指さす。

「あ、来た！」

愛《あい》先輩がナツキと一緒に歩いて来た。思わずおはぎと肩を寄せ合う。

よし、いい感じ。落ち着いている。

「あ……！」

ナツキが大きく頭を振った。愛先輩が体勢を立て直そうと焦るのがわかる。うわ～ん、だめだよ、ナツキ！

「頑張れや～、頑張れや～」

おはぎが胸の上に両手を握り、念仏のように唱え始めた。

審査員が次々と牛たちを中央に並ばせていく。愛《あい》先輩も並んでいる。

審査員がマイクを握り、入賞牛の名前を発表していく。入賞は、最優秀賞、優秀賞、優良賞の順でつけられていく。ナツキはどうだったんだろう。歓声やざわめきでよく聞き取れない。

間もなく牛たちが退場を始めた。

「そろそろ戻ろう」

あたしたちは、急いで繋ぎ場へと走った。愛先輩と片倉《かたくら》先生がナツキを連れて戻ってきた。

心なしか、愛先輩の顔は青ざめているように見える。

どうしよう、結果は？　聞いてもいいの？

迷っている時にいつも先に口を開くのがおはぎだ。

「あの～、ナツキはどうだったんですか～？」

「優良賞だったよ。田村《たむら》もナツキも大健闘だ！」

ああ、よかった。入賞したんだ！

愛先輩の顔にやっと赤みがさす。

愛《あい》先輩は、ナツキとトラックに乗り、あたしとおはぎは、石川《いしかわ》先生の運転する帰りの車に乗り込んだ。

「何か、めちゃくちゃすごかったね」

「うん、まじすごいもの見たよね～」

そう言ったきり、あたしもおはぎも黙り込んだ。新しく経験することの連続で、ひどく疲れていた。

校舎までは高速を乗り継ぎ一時間半。車の揺れにシンクロするように、いつしかあたしたちは大きく舟をこいでいた。

同志会乳牛コンテストが終わると、あたしたちも牛を引いて歩く練習が始まった。一年生の時から牛を引く練習はしてきたが、これまでは、牛に慣れるだけで精一杯だった。

愛先輩がリードの仕方を熱心に教えてくれる。

「牛と向かい合って背筋を伸ばして！　牛の歩みを揃《そろ》えるようにゆっくりと！」

「左手で頭絡《とうらく》を持ったら、右手で顎垂《がくすい》（牛の首の皮）をつかんで持ち上げる。ああ、顎垂から手を離しちゃだめ。頭が下がったよ！」

「審査員が側にいると意識して！」

牛を相手に四苦八苦しながら、心の中で「ひえ〜」と悲鳴を上げていた。牛の力に抵抗しながら頭絡や首の皮を握っているだけでも大変なのに、牛の体勢や歩幅にも気を配り、審査員の存在まで意識するなんて頭がパンクしそう。

愛《あい》先輩は自分の経験をあたしたちに伝えようと、熱心に指導してくれる。

もうじき、愛先輩は牛部を引退する。

ううん、今はそんなことは考えずにいよう。三月までは……。

6　白い翼（秋）

葉が赤く色づき始めた街路樹の下を歩き、牛部へ向かう。静かに青いドアを開けた。やっぱり誰も来ていない。あたしが一番乗りか。

と、大ぶりの白い封筒に目が留まった。

「来てた！」

土間に置かれた錆《さび》の浮いたパイプ椅子の上にあるのは、お目当ての封筒だ。

「遅れてごめ〜ん。教務の先生、話が長くてさ〜」

バンと派手な音を立ててドアが開き、おはぎが部室に飛び込んできた。

「あたしも、今来たとこ」

そう言って、ローファーを土間にポンと脱ぎ捨て、這《は》うようにして畳敷きに上がる。

壁際にリュックを下ろすと、ポテトチップスとチョコレートが入ったビニール袋を取り出し、隅に押しやる。とりあえず食欲は二の次だ。

「見る？」

「うん、見る見る〜」

おはぎも、あたしに続いて畳敷きに上がった。二人で肩を寄せ合いながら、封筒からA４判ほどの冊子を取り出す。首を長くして到着を待っていた、「乳牛コンテスト出品牛」の全国版カタログだ。愛《あい》先輩の乳牛コンテストの様子を間近で見てからというもの、コンテストへの関心が高まったのだ。

光沢のあるコート紙が、めくるたびに指にしっとりと吸いついてくる。気合の入ったカタログだ。

おはぎが、「美牛ぞろいじゃ〜」と声を上げながらページをめくる。

どの牛も、乳房にたっぷりとボリュームがある上に背筋もすっと伸び、バランスの取れた美しい体型をしている。

「でさ、夢生《むう》にはわかんの？　コンテストの審査基準で審査したら、ここに載っている牛たちって、結局何点なの？」

「さあ、たぶん九十点以上？」

とりあえず当てずっぽうで答えた。

「だよね〜」

おはぎは、さもわかったような顔をしてうなずくと、カタログを指さした。

「見て。この子、めちゃきれい〜」

「ほんと、うらやましい。あたしも、きれいって言われてみたい」

何気なく言ったあたしを、おはぎが横目で軽く睨《にら》んだ。

「いや、夢生《むう》が言うと、まじ嫌味《いやみ》だから〜」

「え?」

「もっと自信持ちなよ〜。夢生には何かこう、ピュアな美しさってのがあるんだよ。透明感ってやつ。美しさを持っているくせに自信なさげにしてる子って、めちゃむかつくんだからさ〜」

あたしは、自分の手に目を落とした。色白の肌、そしてはちみつ色の髪。高校に入ってから伸ばし始め、やっと、憧れていたミディアムヘアになれた。

母さんからは、父さんの家系で、はちみつ色の髪の人がいると聞いたことがあった。父さんの写真は一枚だけ家にある。二重のくっきりした目と薄い唇。あたしの容貌はどちらかと言えば父さん譲りだ。

父さんは、あたしが生まれてすぐ、大きな夢を追い求めて海外に渡ったと聞いた。母さんは、「あの時、どうしても一緒に夢を追うことができなかった」と悲しそうに言った。「だから、夢《む》生《う》にやりたいことがあったら今度こそ応援する」とも。

すでに別な場所で新しい家族を持っているという、会ったこともない父さん。あたしと母さんは、父さんの夢から置いてけぼりにされたのだろうか。そんな気持ちが、灰色の滓《おり》のように心の中にたまっていた。

父さんから受け継いだはちみつ色の髪。他の子と違ったその髪色のせいで、小学生の頃はいじめられたこともあったし、中学生の頃は、地毛であることを何度も証明しなければならなかった。

生徒指導の先生から髪を黒く染めるように迫られた時は、母さんが矢面に立って守ってくれた。多分、あたしが秘《ひそ》かに、父さんと繋《つな》がる髪色を変えたくないという気持ちでいることを感じとっていたのだと思う。いじめや指導に巻き込まれないように、目立つ髪はショートにし、当たり障りのない存在としてひっそりと過ごしてきた。

おはぎの言う通り、あたしって透明なのかも……。

とんと肩をたたかれてはっと我に返る。

「もう、夢生《むう》ったら、すぐに一人の世界に浸っちゃうんだから！　出て来い！　早く！」

やだ。あたしったら……。

もっと自分に自信が持ちたい。どうしたら持てるんだろう。


街路樹の葉が散り始めた朝、牛部に行くためにいつもより早く家を出た。駅前を自転車で走っていた時、あたしを呼び止める声が聞こえた。

「待って！」

「は？」

声の主のダッフルコートの襟元からは、形良く結んだネクタイが見える。紺と水色のストライプ柄。白英《はくえい》高校の男子生徒だ。マッシュウルフの髪に細めの金属フレームの眼鏡がよく似合っている。かっこいい……。

でも、こんなおしゃれ男子が、あたしなんかに何の用があるの？

男子生徒は白い歯を見せながら右手を差し出した。

「これ、きみのじゃないかな」

何ごとかと思えば、リュックにつけていたストラップだった。一粒ずつ糸に通して作った、ビーズ製の乳牛だ。自転車のかごに入れていたリュックが街路樹に接触した拍子にはずれて、男子生徒の足元に飛んだのだ。

乳牛のストラップを受け取った時、男子生徒があたしの髪をじっと見つめていることに気づいた。思わず顔をそむけると、男子生徒は頭をかきながら言った。

「あ、ごめん。あんまりきれいな色だから……」

きれい？　あたしの髪が？　胸がトクンと音を立てた。こんな風に言われたの、初めて……。

あ、そうだ。ストラップを拾ってもらってありがとうって言わなくちゃ……。

おずおずと顔を上げた時、男子生徒は「じゃ、また！」と言って走り去った。

え？　「また！」って、どういうこと？　男子生徒の声が、耳の奥にこびりついたように離れなかった。

次の日から、あたしは男子生徒に呼び止められるようになった。白英《はくえい》高校二年の柴田翼《しばたつばさ》だ。スマホでメッセージを交わすようになり、休みの日には、時々ショッピングモールのフードコートで会って話をするようになった。

翼《つばさ》がフードコートで注文するのはグリーンスムージーと決まっていた。

「グリーンスムージーが大好きなんだね」

不思議に思って聞くと、翼はあっさりと答えた。

「いろいろ迷うのが面倒なだけ。おれが尊敬しているクリエーターは、何を食べるか考えるのは時間の無駄だからって、食事はカレーだけだし」

「うわあ……」

目を丸くするあたしを見ながら、翼は「さすがに、カレーだけで生きるのは無理」と言って、ちろっと舌を出した。

一方のあたしはいつもカフェオレを選んだ。スムージーは正直言って値段が高いし、何よりも牛乳が大好きだから。

翼が、スムージーをストローでかき混ぜながら牛のことをあれこれ尋ねてくる。

「牛って人みたいに性格ってあるの？」

「うん、人と同じで性格もいろいろだよ。ナツキとメイリーンっていう牛は、基本的に人の言うことを聞くのは嫌なの。でも、こっちが気合を入れて接するとそれなりに応えてくれるんだ。ナオっていう牛はとっても優しくて、体にもたれてもそのままにしといてくれるんだよ」

「へえ〜。皆な同じように見えてたけど、性格が違うなんて初めて知ったなあ」

興味津々といった様子で耳を傾けてくれる翼《つばさ》と話すのは楽しい。

「牛ってでかいだろ？　夢生《むう》は危ない目にあったことないの？」

「うん、怖がりだし人懐っこいから、余程のことがなければ暴れることはないよ。ただ、バズーっていう牛は神経質で、時々蹴られそうになることがあるの。尻尾で顔のあたりをぴしゃりとぶたれることもあって、これが、むち打ちみたいにめちゃくちゃ痛くて……」

「ひゃっ……」

「うふふふ」

話が牛とのトラブルになる時は、翼が声を出して首をすくめるので、つい声を出して笑ってしまう。

すると翼は、体裁をつくろうように、ひとさし指で眼鏡の端をきゅっと押し上げるのだ。

「ところで、牛の学習能力ってどんな感じ？　結構高いのかな」

「そうだね……。嫌なことをされたら絶対に忘れないみたい。あたしたちのことはよく覚えていて、知らない人が牛舎に入ってくると、不安そうに鳴いたりにおいをかいだりするんだよ」

「へえ、面白いね。まじ、知らないことばかりだよ」

翼《つばさ》はあたしの話を一通り聞くと満足げにうなずく。ストローでスムージーを一口吸って溶け具合を確かめ、今度は自分のことを話し始めるのだ。

白英《はくえい》高校は進学希望者のために、授業時間の他に課外授業まであるという。翼をはじめ、多くの生徒たちが、課外授業を終えた後に塾にも通って勉強しているのだ。農業高校とは、進学に対するプレッシャーが段違いであることをひしひしと感じる。

翼は、将来はＡＩ（人工知能）の研究をしたいという。

「夢生《むう》ってスマート農業って聞いたことある？」

「あ、うん……」

田畑で土を耕す自動運転の無人トラクターをはじめ、酪農の現場でもすでに自動給餌や搾乳マシンが登場している。

「これからは、農業の現場にもＡＩがもっと導入されるはずだよ。完全自走トラクターや簡易なロボットが、人の代わりに働いてくれるようになる。農家は労働から解放されて楽になるし、コスパもタイパも追求できるんだ」

翼は熱く語ると、飲みやすくなったスムージーをストローで一気に飲む。

「ふうん、なんかすごいね……」

あたしにはそれしか言えない。

ロボットが人の代わりに働いてくれる。本当にそんな時代が来るんだ……。あたしが今見ている世界とは全く違う世界だね。

それでもあたしは牛と一緒にいたい。自分の手で愛情を込めて世話をしたい。それって時代遅れなのかな……。

喉元まで出かかった言葉を、溶けた氷で薄くなったカフェオレと一緒に飲み込む。

翼《つばさ》は目を輝かせながら言った。

「おれは将来、ＡＩ技術を駆使して、皆が楽しめる音楽や小説、動画なんかを作るクリエーターになりたいって思ってるんだ」

大きな夢を追いかけている翼が眩《まぶ》しい。あたしには想像もできない世界を見ているんだね。きっと……。

翼は服にもこだわりがあった。ファストファッションが精一杯のあたしに対し、「どの服か迷うのは時間のロスだから」と、いつも上下白色の良質な服で現れる。スマートな翼と歩いていると、他の女子たちの視線を感じる時があった。うらやましそうに感じてしまうのは気のせい？

以前のあたしだったら、釣り合わないかもって悩んだかもしれない。でも、翼《つばさ》があたしに自信を与えてくれる。ちょっとだけ胸を張ってもいいよね。

7　青いカード　高校二年（冬）

牛部の壁掛けカレンダーが新しい年のものに替えられ一か月が過ぎた。今日から二月だ。

牛部の部室でおはぎと頭を突き合わせ、牛のカタログをめくる。

おはぎがカタログをひったくると、歓声を上げた。

「こっちの子を見なよ〜。白黒の模様がパンダみたいでめちゃ可愛《かわい》い〜」

あたしもカタログに顔を近づけた。確かに、顔のあたりがパンダに見えなくもない。

「こんな服売ってないかな〜。ネットで探してみよっか〜」

その時、部室のドアがわずかに開いた。

「うふふ、楽しそうだね」

ゆったりとした声に続いて、ドアの隙間から顔を覗《のぞ》かせたのは、愛《あい》先輩だ。卒業を控えて授業はほとんどないが、毎日のように牛部に顔を出してくれる。

「は、はい！」

「あ、さっき、来たとこで〜す」

あぐらに組んでいた足を揃《そろ》えなおす。

愛《あい》先輩は笑いながら、リュックの中から作業着を取り出した。

「あはは、なあんだ。出品牛のカタログか。てっきり、ファッション雑誌でも見ているのかと思った」

おはぎは、愛先輩に見えるようにカタログのページを開き、胸を張った。

「先輩、うちら、ファッションよりも牛ですから〜」

「ですから！」

あたしもおはぎをまねて胸を張る。

「そうなんです。牛のカタログを見ると、テンション上がるんです」

すると愛先輩は、「まったくこの子たちったら」と、半分あきれたように笑った。

「この子たち」という言葉が、耳に心地よく響く。これから先もずっと、愛先輩にそう言われていたい。

「テンション上げるのもいいけどさ、そろそろ搾乳始まるよ」

愛《あい》先輩は、さっさと作業着に着替えると、部室から出て行った。ドアが閉まるパフッという音が耳に残る。愛先輩がドアを閉める時は、いつもそんな穏やかな音がする。

「あ、今行きます!」

閉じたドアの向こうに声を張り上げた。部室の曇りガラスに、牛舎に向かって歩いていく愛先輩の影が映る。カタログを机の上に戻し、急いで作業服に腕を通す。

「愛先輩と一緒にいられるのも、あとちょっとかぁ～」

おはぎが、作業着のジッパーを引き上げながらしんみりと言う。

高校の卒業式はもうすぐ。あたしたちに、愛先輩の後を繋《つな》いでいくことが出来るんだろうか。

ううん、そんな弱気なことでどうする。

あたしも、ジッパーを顎までぐいっとひき上げた。

放射冷却で冷え込んだ、三月一日。

「それにしても、まじ寒くね?」

あたしたちは、買い出しの袋を下げ部室へ向かっていた。スカートからのぞくおはぎの生足は、赤いまだら模様になっている。

朝の天気予報によれば、最高気温は三℃までしか上がらない。体育館では愛《あい》先輩が卒業式に臨んでいる。広い体育館の中では、来賓席の近くにだけストーブがあるはずだ。

「体育館って底冷えするもんね～」

「でもさ、うちらは常に鍛えているから大丈夫じゃない？」

「確かに。乳牛並みに寒さに強いんだから～、えへへ」

牛は、微生物の力で植物繊維を分解するために、発酵タンクのような胃袋を持っている。発酵熱で体温も高く、寒さには比較的強いのだ。寒さに強いと言ったそばから、おはぎは両手でごしごしと足をこすり上げていた。

買い出しの袋は牛乳とスナック菓子でパンパンに膨らんでいる。愛先輩を送る会の準備のためだ。部室でのお別れ会は、愛先輩、あたしとおはぎ、ごろちゃんとみねちゃんの五人。それに、片倉《かたくら》先生と合わせて六人のささやかな会だ。狭い部室の真ん中に牛乳とスナック菓子を並べて、愛先輩を待つ。

「愛先輩が来た～！」

部室の窓から外を見ていたおはぎが、小さく叫ぶ。愛先輩が、白い息を吐きながらゆっくりと歩いてくる。そのかたわらを、保護者や友だち同士で肩を並べて歩く卒業生たちが通り過ぎていく。愛《あい》先輩は、三年間の思い出を噛《か》みしめるように、時々歩みを止めては、雪に覆われた牛の運動場を眺めている。

「よし、出迎えに行こう」

片倉《かたくら》先生のかけ声で、あたしたちはぞろぞろと部室の外に出た。愛先輩は、ずらりと並ぶあたしたちを見て、くすぐったそうな顔をした。

「田村《たむら》愛、たった今、竹雀《たけすず》農業高校を卒業しました!」

愛先輩が、卒業証書の入った筒を高く掲げた。

「田村、おめでとう!」

片倉先生のまっすぐな声が響き、あたしたちは一斉に拍手をした。

「愛先輩、おめでとうございます!」

「ありがとうございます」

愛先輩が深々と頭を下げる。

まずい、泣きそう。目が潤んでくる。

愛先輩は、顔を上げた。凛《りん》とした眼差《まなざ》しに背筋が伸びる。

夢生《むう》、泣くにはまだ早いよ。

そう言われている気がして、ぐっと涙をこらえた。

ぎゅうぎゅう詰めのせまい部室の中で、牛乳で乾杯する。よほどお腹《なか》を空《す》かせていたのか、ごろちゃんがスナック菓子を口一杯に頬張《ほおば》る。ポリポリシャクシャク。皆で一心不乱にお菓子を食べる音が、牛が餌を食べる時の音と同じに聞こえ、つい笑い出したくなる。

片倉《かたくら》先生と愛《あい》先輩は、これからの進路について話し始めた。あたしも耳を澄ました。自分たちの未来の話でもあるからだ。

「田村《たむら》は、大学を出てからのことも考えているのかな？」

「はい、卒業後は牧場で働くのが夢です」

愛先輩は、北海道にある私立の北山《きたやま》農大で乳牛を専門に勉強していくという。

「そうか。だが今は、飼料代や燃料代が高騰して経営が圧迫され、廃業が相次いでいるし、酪農業界全体が厳しいからな……」

教科担任の石川《いしかわ》先生からは、日本の酪農が抱える問題点についても習った。

日本で酪農が本格的に始まったのは約百年前だ。森林が国土の約六十七％を占め、広い土地の確保が容易ではない日本では、牛舎内で乳牛を飼う形態が普及していった。乳量を確保するために、栄養豊富な飼料用トウモロコシや大豆かすなどを餌に加えるようになり、それらの大半を輸入に依存することとなった。その構造的な問題が、飼料の高騰で一気に表面化してしまったという。

一方、牧草地で牛を放し飼いにする「放牧酪農《らくのう》」という飼い方もある。草地の牧草を主な餌とするため、輸入飼料高騰の影響は小さい。さらに、給餌や排せつ物処理の労力が軽減されるといったメリットがある。その反面、広い土地が必要。乳量が少なく乳脂肪率が安定しない。害虫駆除が必要。広大な土地に柵を回すなど管理に手間がかかるといった課題もある。

酪農業が衰退すれば牛乳を気軽に飲むことができなくなることは、誰にでもわかることだ。輸入に頼ろうにも、牛乳は栄養豊富であるがゆえに、細菌増殖などの衛生上の問題発生の恐れから、生乳の状態で輸入することが出来ない。また、バターやチーズのような乳製品も、国内の乳の生産量が大きく減れば、輸入に依存するしかなくなるのだ。二〇一四年には国内でバター不足に陥り、スーパーの棚からバターが消えた事例があったことも授業で習った。

いったい、どこに正解があるのだろう……。

愛《あい》先輩はテーブルから飲みかけの牛乳パックを手に取った。

「酪農が様々な問題を抱えているのはわかっています。でも、日本から酪農が消えていいとは思えないんです。給食の牛乳からスイーツのクリームやバターに至るまで、たくさんの乳製品を食べて育ちました。あたしの一部分は、酪農家と牛に育ててもらったんです」

愛《あい》先輩は、ストローに口をつけ牛乳をすうっと飲み込むと、おいしそうにふっと一息つき、再び口を開いた。

「それに、化学肥料に頼らない有機農業を進めていくには、家畜の排せつ物による堆肥は欠かせないじゃないですか。耕作放棄地で飼料用の作物を作るなど、方法はあると思うんです。構造的な問題を、短い時間で一気に解決するなんて無理ですよね。時間がかかるってめちゃくちゃ効率の悪いことかもしれないし、もしかしたら時代に取り残されてしまうのかもしれない。でも、効率だけじゃないものがあるはずです。どうしたらより良い方向に行けるのか考えたいです。そのための勉強をしたいんです。夢はあきらめたら夢じゃなくなるんで」

片倉《かたくら》先生は深くうなずくと、「きみらはどうする」というように、あたしたちに目を向けた。おはぎが両手であたしをぐいっと前に押し出した。おはぎは、愛する牛の乳を皆に喜んでほしいと、乳製品加工企業への就職を希望している。

「夢生《むう》が愛先輩に続きますから〜」

「ちょっと、ふざけないで」

不意打ちを食らい、焦りながらおはぎの手を払いのけた。けれども、おはぎが真顔であたしを見ていることにぎくりとする。

つい先日、進路についての面談があった。就職を希望していることを伝えたが、担任の石川《いしかわ》先生はあたしに大学進学を勧めたのだ。

「竹雀《たけすず》農業高校には私立や国立の大学へ推薦枠があるんだよ。広瀬《ひろせ》なら必ず合格できると思う。働くことはもちろん大事だが、大学で学ぶことも考えてみてはどうだろう。きっと大学でしかできない体験や学びが待っているよ」

母親に負担をかけたくないことを話すと、石川先生は資料を目の前に広げた。

「国立の北斗《ほくと》農大なら、成績と家庭の経済状況によっては、授業料が免除になるケースがあるよ。奨学金を得てアルバイトをすれば、決して不可能ではないよ」

その時、大学へと続く細い道が目の前に現れたような気がした。けれども、母さんに大きな負担をかけることへのためらいから、目をつぶっていたのだ。

愛《あい》先輩の話を聞いていると、大学で勉強することが新しい世界を開いてくれそうに思えてくる。

一度はあきらめた大学への憧れが、胸の内に大きく膨らんでくるのを感じていた。

あたしも、行けるのだろうか……。もし可能性があるのなら……！

「さて、そろそろ搾乳の時間だな」

片倉《かたくら》先生が腕時計を見ながら立ち上がると、愛《あい》先輩もリュックを背負った。

「今日は、お別れ会、ありがとうございました。最後に、ナツキやミルキーにお別れを言って帰ります」

「そうだな。牛たちも田村《たむら》を待っているよ」

帽子をかぶり部室から出ていく片倉先生の後に、愛先輩が続く。

あたしたちは、作業服に着替え、バルククーラーの設置されているコンクリート製の作業場で長靴に履き替えた。バルククーラーとは、搾った乳を冷やしておく装置だ。牛舎で搾乳したミルクは、パイプで自動的にバルククーラーに送られ、出荷まで四℃で冷蔵貯蔵される。底冷えのする作業場に置かれた長靴はチルド保存をしていたようなものだ。足を入れると、氷のような冷たさがぞぞっと全身に駆け上ってくる。

あたしはみねちゃんと、おはぎはごろちゃんと組んで、搾乳を始めた。

入部したての頃は、搾乳の手順がわからずにとまどっていた二人も、今では、自然と体が動くようになっていて頼もしい。

「繰り返し経験して体に刻みつけたことは、あたしたちを決して裏切らないんだよ」

新入生の時に愛《あい》先輩から言われた言葉が、ほんの少しだけ理解できるようになった気がする。

搾乳が終わると、皆で愛先輩の周りに集まった。愛先輩があたしたちに手を差し出す。

「ミルキーをよろしくね」

「はい！」「頑張りまーす！」

皆で愛先輩の手の上に自分たちの手を重ねた。

「お世話になりました！」

愛先輩は、牛たちに向かって深々と一礼し、牛舎の黒板に目を移した。

黒板には、牛の出産予定日や、牛部のスケジュールが書き込まれている。牛部の日々はこれからもずっと続いていくのだ。

別れ際、片倉《かたくら》先生が愛先輩に白い封筒を差し出した。

「これは？」

「卒業生に送るささやかなメッセージだよ。中にカードが入っている。私の好きな詩の抜粋だ」

片倉先生は、ちょっとだけはにかんだような笑みを見せた。

愛《あい》先輩は封筒を開け、中からカードを取り出した。カードは、牛部のドアと同じ、青い空の色をしている。青いカードの上の文字に目を走らせる愛先輩の頬が、みるみる薄い紅色に染まっていく。

「何が書いてあるんだろう」

「片倉《かたくら》先生が好きな詩って何?」

あたしたちは、ひそひそとささやきを交わした。

でも、それは卒業の時にしか知りえないことを、皆うすうすと感じていた。

愛先輩は青いカードを閉じると、片倉先生に「ありがとうございました!」と頭を下げた。

それから、くるりと向きを変え、前へ向かって歩き出した。

おはぎ、ごろちゃん、そしてみねちゃんが、愛先輩の後ろ姿に向かって大きく手を振る。

「愛先輩〜、遊びに来てくださいね!」「待ってま〜す!」

三人とも、半べそをかきながら叫んでいる。あたしも眼《め》のふちから今にも涙がこぼれそうになっていた。

愛先輩は、振り返らない。

大学という新しい世界へと進んでいく。あたしも、その世界に飛び込みたい……!

その晩、ご飯を食べ終えたタイミングで、石川《いしかわ》先生にもらった資料を母さんの前に出した。

母さんは、資料を手に取るなり、目を大きく見開いた。

「これは？」

「大学の資料」

「大学？」

「高校を卒業したら、大学に行きたいです」

どきどきしながらも何とかそこまで言えた。

母さんは資料にさっと目を通すと、静かに微笑《ほほえ》んだ。

「行きなさい。夢生《むう》の夢を応援するから」

良かった。母さんの応援がうれしい。でも、伝えなければいけない、我が家にとってとても大事なこと……。

「ありがとう。でも受験費用に入学金、それから授業料が……」

母さんは何も言わず自分の部屋へ行くと、革製のポーチを持って戻ってきた。ポーチの中から取り出したものは、通帳だ。

「これはあなたのために使ってほしいと、父さんから預かったもの。いつか必要な時のために大切にとっておいたんだよ」

テーブルの上の通帳を前に複雑な気持ちが渦巻いていた。父さんは自分の夢のために、あたしと母さんを置いていったんじゃないの？　それが突然、こんな形で手を差し伸べてくれるなんて……。父さんにありがとうって言うべきかもしれない。けれども、素直に受け入れられない自分がいる。

唇を固く結んだままのあたしに、母さんが声に力を込めて言った。

「もちろん、母さんにも蓄えたものがあるから。だから心配しないで！」

「うん……」

小さくうなずき、食器を持って立ち上がった。

再び資料をめくり始めた母さんを背に、シンクの中でカチャカチャと食器を洗う。

本当に大学に合格できるのか。不安はつきない。でも、今は前だけ向こう。

水道の水は手に冷たいが、胸の奥は温かい。

あたしは、大学でもっと広い世界を知る。愛《あい》先輩のように！

8　同志　高校三年（四月）

三年生の春、牛部には新入生が一人、入部してきた。船岡芽久《ふなおかめぐ》だ。サラサラのロングヘアで小柄な芽久は、可愛《かわい》らしさを全身にまとっているようなイメージだ。さっそく、「めぐちゃん」と呼ばれることになった。

おはぎが忍び笑いをしながら近づいてきて、あたしに耳打ちした。

「めぐちゃんが来たらさ～。なんだか、ごろちゃんとみねちゃんが、めっちゃ頼もしく思えるわ～」

「ほんとだよね」

確かに、ごろちゃんとみねちゃんの顔から一年前の幼さは消え、ぐっと引き締まったように見える。

みねちゃんは、相変わらずちょっとした段差につまずいたりしているが、仕事の手順はすっかり飲み込んでいる。ごろちゃんは、童顔で幼そうなイメージとは違って、力も強く、暑い時も寒い時も決して弱音を吐かないことから、おはぎも一目置くようになっていた。

自分たちもこうして、一年一年、成長しているのだろうか。

ふと、愛《あい》先輩の姿が頭に浮かんだ。そうだ。自分たちにはお手本がいるではないか。しゃんと背筋を伸ばすと、自分の言葉を噛《か》みしめながら言った。

「おはぎ、今度は、うちらが皆を引っ張っていく番だよ」

「うん、まかせろ～」

おはぎは大きくうなずくと、こぶしでとんと胸をたたいた。

三年生としてのプレッシャーが、ずんと肩にのしかかってくる。

あたしには、プレッシャーを分かち合えるおはぎがいる。けれども、愛先輩は全てを一人で背負っていたんだ……。

改めて、愛先輩の大きさを感じていた。

新学年が始まって間もなく、授業終わりに片倉《かたくら》先生から部室に呼ばれた。

「改まって何だろうね～」

「六月の同志会乳牛コンテストのことじゃないかな」

「これまで一緒に練習してきたのはナツキとナオ、バズー。あ、ミルキーもいたっけ〜」

「どの牛が出場するんだろう」

「やっぱ、ナツキにきまりだよ〜」

そんな言葉を交わしながら部室に向かった。

片倉《かたくら》先生の口から出た牛の名前は、予想外のものだった。

「出場する牛はミルキーだよ。広瀬《ひろせ》と名取《なとり》のどちらかにリードしてもらいたい」

「ミルキー?」

「あのミルキーですか?」

二人揃《そろ》ってオウム返しをしていた。去年の四月に生まれ、愛《あい》先輩にミルキーと名づけられた。大きな病気もせずに順調に育ち、ちょうど一歳になったところだ。種付け（人工授精）も行っていて、十か月後の二月には子牛を生んで母牛になる予定だ。

体重は約三百七十キロにもなり、「体高」といって地面から背中までの高さはあたしの首ぐらいまである。そういえば生後十か月の頃から、あたしたちと一緒に歩く練習に加わっていた。まだまだ子牛だと思っていたのに……。

片倉《かたくら》先生の次の言葉を聞いて納得した。

「ミルキーは非常に優れた形質を持った子牛だ。生まれた時から期待していたんだよ」

そういうことだったのか……！　片倉先生は、生まれたばかりのミルキーに声をかけていた。口の動きしか見えなかったけれど、「来年は……」の後に「お前の番だぞ」って言ったんだ。先生は、あの瞬間からずっと、あたしたちとミルキーを出場させようと考えていたのか。

おはぎが感慨深げに言った。

「はや～、いよいよ、うちらの出番か～」

二年生の時は、観客席の後ろから奮闘する愛《あい》先輩の姿を見つめていただけだ。ナツキの世話を手伝っていた時も、当事者ではない気楽さがあった。

おはぎが急に思いついたように首をひねった。

「あれ？　先生、そういえば同志ってどういう意味でしたっけ～？」

片倉先生が肩でため息をつく。

「名取《なとり》、そんなこともわからずに、田村《たむら》の応援に行っていたのか」

「えへへ～」

「スマホがあるだろ。調べなさい」

「へ～い」

ポケットからスマホを取り出して、おはぎが忙しく指を動かす。

「そっか～、わかった～。同志とは、志を同じくする仲間を指すんだってさ～。なんか、深いよね～」

おはぎはスマホから顔を上げ、同意を求めるようにあたしの顔を見た。

同志会乳牛コンテストで出会った、眼光の鋭い丸守《まるもり》さん、ナツキの尻尾に巻き毛を作ってくれた角《かく》さん、そして気迫に満ちた酪農家の人たち……。単なるコンテストではないんだ。そこには、志を同じくする仲間が集うのだ。

確かに深いよね……。おはぎにうなずきを返す。

「きみらも、そこに集まった人たちがどんな志を同じにしているのかをしっかり理解してこそ、参加する意味があるんじゃないかな」

片倉《かたくら》先生は帽子をぐっとかぶりなおしながらそう言うと、牛舎に向かった。

「よ～し、うちらも志が大事ってことで～！」

おはぎが気合を入れるように、両手のこぶしをきゅっと握った。一方のあたしは「志」という言葉が、とてつもなく大事なものに感じられていた。

おはぎと一緒に、牛舎に繋《つな》がれているミルキーのもとへ向かう。

愛《あい》先輩は、牛を引く時にこんなことを言っていたっけ。

「リードする人間が不安だったら牛も不安になって、どうしたらいいかわからなくなるんだよ」

初めてナツキと歩いた一年生の春、あたしは握っていた頭絡《とうらく》を離してしまい、ナツキに置き去りにされたのだ。あの頃は、牛とはどんな動物なのか何もわからなかった。自分に対しても牛に対しても、自信がなくてふわふわしていた。そんなところを、ナツキは見抜いていたのかもしれない。だとしたら、今のあたしはどうなんだろう……。

片倉《かたくら》先生は、ミルキーの前で腕組みしながら言った。

「どちらが出場するかは二人で相談して決めていいよ。練習が始まると時間的にも体力的にもきつくなるからな」

「……」

あたしとおはぎは、無言のまま見つめ合った。

三年生になった今、あたしはきちんと牛をリードできるだろうか。できるならリードしてみたい……。いや、リードしなくちゃ！

そう思った瞬間、言葉が口をついて出た。

「あたし、出たいです」

あたし、ミルキーをリードしたい。愛《あい》先輩のように！

「いいよ。夢生《むう》なら、きっとそう言うと思ってたし～」

おはぎはあっさりと受け入れてくれた。

おはぎも出たかったはずなのに、あたしったら……。

「ごめ……」

謝ろうとした時、おはぎが両手であたしの肩をパンとたたいた。

「一人だけで出ると思うなよ～。相棒の力を見くびるなかれ～」

そうだよね。牛を引いて出場するリードマンにスポットが当たりがちだけれど、一緒に牛と歩く練習も体を磨き上げる仕事も、一人では到底成しえない。皆で出場するんだ。

「では、明日から本格的に練習を開始する！」

片倉《かたくら》先生の声が厳しいものに変わった。

いよいよ、あたしも同志会乳牛コンテストの、あの審査場に立つんだ！

六月の同志会乳牛コンテストには、県内の酪農家が、選《よ》りすぐりの牛と共に出場する。

片倉《かたくら》先生と共に、ミルキーの前に立つ。

「プロの酪農家に対して農業高校生はアマチュアだ。だが、竹雀《たけすず》農業高校は、これまで代々、優秀な牛を繋《つな》いできたんだ。優秀な牛だと認めてもらうチャンスは平等にあるんだよ」

「はいっ。ミルキー、よろしくね！」

張り切って声をかけると、ミルキーがあたしをじっと見つめた。

——あんたに、リードができるの？

そう言われたような気がして、ぎくりとした。


その日から、毎日、ミルキーをリードして歩く練習が始まった。

六月には、ミルキーは月齢十四か月となり体重は約四百キロ近くになる。人が簡単に動かせる相手ではない。しかも、牛は体の割には臆病で、怖いと思ったとたんに足がすくんで動けなくなったり、パニックになって走りだしたりする。

生後十か月頃から、人と歩くことに慣れさせてきたとはいえ、牛との間に深い信頼関係がなければ、一緒に歩くことはできない。コミュニケーションを取るために、放課後だけでなく授業のない土日にも牛舎へ通い、ミルキーの世話をした。さらに、牛を引いて歩く練習も毎日行う。

牛舎へ行くとミルキーを運動場へ連れ出す。

よし、いいよ！　ミルキー、その調子。

けれども、そうやすやすとはミルキーは歩いてくれない。うまくいったと思いきや、がんとして動かなくなったり、指示と違う方へ行きたがったり。ふとした拍子に足を踏まれて、激痛のあまり悲鳴を上げることもあった。

さらに、毎日の世話や歩く練習の他に、牛の体を洗うシャンプーや毛刈りの作業も増えた。石鹸《せっけん》を泡立てた両手で、大きな牛の体全体をマッサージするようにシャンプーしていくのは、なかなかの重労働だ。一緒に作業をするおはぎの存在が、何よりもありがたい。「相棒」の意味が身に染みる。

全身くまなくシャンプーした後は、ホースで水をかけ、全身の泡を洗い流す。

おはぎは、ミルキーの体を洗いながら真面目な顔で言った。

「うちら、まじ、エステティシャンになれるんじゃね～？」

さらに三日に一度は、電気バリカンで全身の毛を短く刈り上げる。シャンプーと刈り上げで体全体がつやつやと輝きを増していく。

おはぎは、後ろに下がってミルキーの姿をスマホのカメラで撮り始めた。

「いや～、ミルキー、美しすぎる～。うちなんか、シャワーにたった五分だもんね～。これぐらい磨き上げたら、だれも放っておかないかもね～。あはは」

思ったことをポンポン言えるおはぎがうらやましい。

「磨き上げなくたって、おはぎならもてるよ」

「は～？　よく言うわ。ちゃ～んと彼氏がいるくせに～」

おはぎは、白けたように言うと、あたしの脇腹を肘でとんと小突いた。

頰《ほお》がかっと熱くなる。

「いや、彼氏ってほどでは……」

「こら、自慢すんな～！」

おはぎに小突かれた脇腹が、鈍く痛む。

最近は忙しくなってしまい、なかなか翼《つばさ》と会える時間が取れない。でも、また会えたら、同志会乳牛コンテストのことを、いつものように興味津々で聞いてくれるはず。まずは目の前のことに集中だ！

ミルキーを引いて牛舎に向かう。とその時、「お、がんばってるね！」と快活な声が聞こえた。白衣を着た獣医さんが右手を挙げながら牛舎に入ってきた。

「こんにちは」

獣医さんに一礼したが、胸はざわついていた。獣医さんはナオのところへ向かっているのだ。ナオはこのところ、乳房炎の治療を受けていた。片倉《かたくら》先生からは、牛が高齢になると乳頭から細菌が入りやすくなり、乳房炎になる確率が高くなると聞いた。七歳になったナオは、去年から度々乳房炎を起こすようになっていた。

獣医さんに診《み》てもらって少しは良くなっているんだろうか。早く良くなってほしい。

ミルキーを牛床《ぎゅうしょう》に繋《つな》ぐと、祈るような気持ちで治療の様子を見にいった。ナオはワラをたっぷり敷いた患畜用の広い部屋に横たわっている。乳房が硬く腫れているのが痛々しい。

獣医さんは治療を終えたらしく、百円ショップで売っているようなプラスチック製の容器に、使い終えた薬のチューブを入れていた。あたしたちの視線に気づいたのか、顔を上げて小さく微笑《ほほえ》んだ。

「この牛、おとなしいね」

「はい。とっても優しい牛なんです！」

何とか助けてやってほしい……！　柵から身を乗り出してしまう。

獣医さんがふっと目を和ませた。

「この牛は幸せだな。きみたちにこんなに愛されて」

そう、あたしたちはナオが大好き。だから聞かずにはいられない。柵を握る手にぎゅっと力が入る。

「あの……、良くなっているんですよね」

「もうすぐ治るんですよね～」

「う～ん、薬が効くか、もう少し様子見だね」

「もう少ししたら……、もう少ししたら治るんですか？」

「治るといいね……」

獣医さんは困ったような笑みを浮かべ、牛舎を出ていった。

柵から手がだらりと離れた。

最後まで、良くなっているとは言わなかった……。

9　さようならナオ（五月）

同志会乳牛コンテストの日が近づくにつれ、忙しさは増していった。

そんなある日、部活からの帰り際、片倉《かたくら》先生があたしたちに短く言った。

「明日の朝、ナオを送り出すから」

「あ……」

おはぎが空を仰ぐ。ごろちゃんとみねちゃんは、虚をつかれたような顔をしている。そんな日が来ることはうすうす感じていた。それでも、聞き間違いであってほしい。

「八時半にトラックが来るから。一応伝えておくよ」

片倉先生はそれだけ言って牛舎に向かった。

「広瀬《ひろせ》先輩、トラックが来るってどういうことですか?」

めぐちゃんが、無邪気な声で尋ねる。

「それは……」

涙をこらえているのか、おはぎが空を見たまま、「夢生《むう》が説明してあげて」とあたしをうながす。

わかったよ。しっかりと話をしなくちゃ。めぐちゃんのためだけでなく、あたし自身のためにも。

「帰りながら話そうか」

皆で自転車を押しながら歩き出す。あたしはめぐちゃんの横に回った。

「あのさ、ナオが乳房炎を繰り返していたのはわかっているよね」

「あ、はい」

言葉を濁さずにはっきりと伝えよう。

「乳房が炎症を起こすたびに牛は苦しい思いをする。乳房炎が治らなければ乳を出せなくなる。乳を出すことができなくなった牛を、そのままずっと飼い続けるわけにはいかないんだよ。ナオには、家畜としての役割を全うさせることが必要になるんだ。屠畜《とちく》場に送られるってこと」

「え〜、それって……」

めぐちゃんの足がぴたりと止まる。

おはぎが、指の先ですっと涙をぬぐった。

「めぐちゃんの気持ちはわかるよ～。あたしも、一年生の時に初めて牛を見送った時は、正直いってショックだったし、めちゃ悲しかったよ～。でもね、だからこそ、牛の命を真剣に受け止めなくちゃって思えるようになったんだ」

あたしは、めぐちゃんの肩に手を添えた。

「ナオとは、明日でお別れだよ。だから片倉《かたくら》先生は、希望する人は見送りに来ていいよって言ったんだ。来るか来ないかは、めぐちゃんの自由だから。無理しなくていいよ」

めぐちゃんは、「はい……」と消えそうな声で返事をすると、とぼとぼと駅の方へ歩いて行った。

ごろちゃんとみねちゃんが、示し合わせたように自転車にまたがった。二人とも、来るとも来ないとも言わずに、「お先に！」とだけ言って自転車を走らせていった。

あたしとおはぎも、「じゃあね」と短く言葉を交わし、それぞれの帰路についた。

街の中を走り抜けながらアパートに着くと、玄関に灯《あか》りがついていた。

今日は、母さん早いな。

いつもはアパートの鍵を開けて暗い部屋に入るが、母さんの帰りの早い日は、いくつになってもほっとする。

「ただいま」

「おかえり。ご飯食べる？」

「うん！　めちゃお腹《なか》が空《す》いた」

洗面所でスエットに着替えている間に、台所からスープのいいにおいが漂ってきた。

台所のテーブルの上で、白菜と椎茸《しいたけ》、ベーコンとトウモロコシをコンソメで煮て、最後にたっぷりの牛乳で仕上げたスープがほわほわと湯気を立てていた。

竹雀《たけすず》農業高校の牛たちから搾った乳は、欅《けやき》印乳業の牛乳製品としてスーパーに出回っている。スープの牛乳はもちろん欅印乳業製だ。

「んま！」

一口すすっただけで、旨味《うまみ》のたっぷり溶け込んだスープが空《す》きっ腹《ぱら》に染み渡る。

あたしたちが世話をしている牛のお乳も、この中に入っているかもしれないんだ。

ありがとう、牛たち。とってもおいしい！

「まあ、よく食べること。うふふ」

母さんが、スプーンを持つ手を口元に当てながらおかしそうに笑う。小さな子どもを見つめるような甘い視線がくすぐったい。

「だって、お腹《なか》がペコペコだったんだもの」

「いいのよ。子どもがモリモリ食べているのを見るのが、親にとっては何よりの喜びなんだから」

そっか、母さんもあたしが食べているのを見るのが好きなんだね。あたしも無心に餌を食べている牛を見るのが好き。それって、親心みたいなものかな。

ふと、シャクシャクと音を立てて餌を食べていたナオの姿が頭に浮かんだ。

そのナオとも明日でお別れなんだ。言い知れぬ寂しさが込み上げ、スプーンを運ぶ手が止まった。

母さんが首を傾《かし》げ、スープ皿にことりとスプーンを置いた。

「どうかした?」

「ううん、何でもない」

自分の部屋へ引き上げ、ベッドにどっと倒れ込む。その拍子に、スマホがブルッと揺れた。

メッセージ着信の通知が来ている。翼《つばさ》からだ。

――聞いてほしいことがあるんだ。週末に会える? 午前中は模試があるから、午後からどう？

どう返信すべきか迷い、ギュッと目をつぶった。このところ、ミルキーの世話や練習で忙しく、翼《つばさ》の誘いになかなか応えられなかった。これまでも何度断っただろう。

今度の土曜日も練習がある。たぶん、日曜日も……。

ナオのこともある。今、翼と会う約束をするのもしんどい……。

ためらいながらメッセージを送る。

――ごめん。土日は、ちょうど午後から学校。コンテストが終わったら時間ができるんだけど

ちょっと間をおいて、翼から返信が来た。

――おれより、牛かよ

え？　すっと、血の気が引いたような気がした。

そこに続けてメッセージが来た。

――ジョーダン（笑）。コンテスト、がんば

どうしよう……。とりあえず謝らなくちゃ。

――ごめん。ほんと、ごめん（汗）

――本気？（笑）

——まじ本気だよ。ごめん！

ごめん、ごめん……。いったい何に謝っているんだろう。翼《つばさ》よりも牛だなんて、そんなことないのに。同志会乳牛コンテストさえ終われば、また、翼と会うことができるのに。

枕の下にスマホを押し込み、そのまま、顔を押し当てた。

次の朝は、いつもより早く起きて学校へ向かった。

牛舎の前には、すでに片倉《かたくら》先生が来ていた。

「おはよう」

おはぎ、続いてごろちゃんとみねちゃんもやって来た。

「おはようございます」

か細い声がして、めぐちゃんが現れた。

そっか……。見送ることに決めたんだね。

「おはよう」「おはようございます」

皆、あいさつしただけで口をつぐんだ。

牛舎の前には、運搬用のトラックが準備してあった。片倉先生が一歩一歩踏みしめるような足取りで、ナオを引いてくる。

ナオ、ありがとう……。

心の中で声をかける。

しばらくは落ち着いた様子で歩いていたナオだったが、トラックに乗るための渡り板の前でぴたりと立ち止まってしまった。先に荷台に入っていた片倉《かたくら》先生が、「ナオ、来い！」と声をかけながらロープを引っ張る。が、ナオは足を踏ん張ったまま動こうとしない。

牛は、運搬用のトラックに乗るのを嫌がったり、「ボーオー」と、いつもと違う不安げな鳴き声を上げたり、時には目から涙をこぼしたりすることもある。そんな時は、どうしようもなく切なくなってしまう。

「先生、牛って屠殺《とさつ》されるのがわかって泣くんですか～？」

初めて牛を見送った時、おはぎが顔をこわばらせて、片倉先生に聞いたことがあった。

「どうだろうね。もし本当にわかっていたら、全力で暴れて逃げようとするんじゃないかな。そうなったら、人など突き飛ばされてしまうだろう。人は、未来を想像できる能力が高い。けれども牛や多くの動物は、今という瞬間を全力で生きている生き物なんだ。その違いをちゃんと理解しておくことも、大事なんじゃないかな」

片倉《かたくら》先生はその時、静かに、そして、真剣に答えてくれたのだ。

草食動物の牛は、自然界なら、常に肉食動物に食べられる側の生き物だ。基本的にとても臆病であり、家畜として飼い主に安全な場所を提供されるようになっても、自分の居場所から他の場所へ移されるのをひどく怖がるのだという。

慣れないトラックに乗るのが怖いのだとしたら、少しでも不安を感じないように送り出してあげたい。

足が自然と前に出た。ためらうことなくトラックに近づき、ナオの後ろに回った。

ナオ、今まで本当にありがとう。トラックに乗るまであたしが一緒についていくよ。だから、どうか少しでも安心して。

全身の力を振り絞って、ナオのお尻をぐっと押した。なめらかな毛と硬い筋肉の感触と共に、ナオの体温が伝わってくる。

「ナオ、行って！」

懸命に呼びかけながら、片倉先生がロープを引く動作に合わせてお尻をぐっと押した。

ナオは、やっと足を動かし始めた。ナオが無事に荷台の上まで登りきったのを確かめ、渡り板から降りておはぎたちの元へ戻った。

「ナオを送り出してくれてありがとう。あたしなんか、ぜんぜん体が動かなかったよ……。夢《む》生《う》は、牛のことになるとめちゃ強くなるよね～」

おはぎがそう言って唇をかんだ。

初めて牛を送り出すめぐちゃんは、目をまっ赤にしてトラックを見つめている。

片倉《かたくら》先生が荷台から降り、渡り板を引き揚げた。

その瞬間、ナオの姿が視界からふっつりと消えた。

ナオは本当に行っちゃうんだね……。

すぐにトラックが走り出した。幌《ほろ》つきの荷台のすき間から、ナオの鼻先がちらりと見える。

側でもたついてもそっとよけてくれたナオ。大きな体の上であたしたちがまどろんでも受け入れてくれたナオ。たくさんのお乳を出し、あたしたちを生かしてくれたナオ。

これまでありがとう！　そしてこれからも！

トラックに向かって頭を下げた。

トラックの姿はどんどん小さくなり、やがて、視界から消えた。

行った……。

めぐちゃんがぐすぐすと鼻をすする音が聞こえた。

あたしは歯を食いしばった。あたしは泣かない。だってナオは、あたしたちの命になって、ずっとずっと生き続けるんだから！

片倉《かたくら》先生が、腕時計を見ながら言った。

「ご苦労さん。そろそろ教室に行かないとね」

「はい」

皆で校舎に向かって歩き出す。おはぎが牛舎を振り返りながらつぶやくように言った。

「ねえ、ナオって、ここに七年間いたんだよね〜。その間に、いったいどのくらいの人たちが、ナオが出してくれた牛乳を飲んだんだろうね〜」

そういえばちゃんと考えたことがなかった。今こそしっかり知っておくべきだよ。

立ち止まってスマホを取り出し、その場で計算してみた。

「え〜と、乳牛の出す乳量は一年間に約九トンって習ったよね。一リットルの牛乳パック九千本ってことでしょ。お乳を出してくれた期間を五年分とすれば、四万五千本か。ざっくりだけど、何万人もの人が、ナオの牛乳を命の糧にしたはずだよ」

おはぎがぱあっと顔を輝かせた。

「すごっ！　ナオって、めちゃすごくない〜？」

「うん、すごいよ」

本当に、ナオはすごいんだよ！　そしてこれからも！

めぐちゃんは、そんなあたしたちの隣をうつむきながら歩いている。きっと、ナオの命のことを、一生懸命に考えているんだね。

農業高校の実習用の牛とはいえ、乳牛は家畜。経済動物だ。

「ここの牛はどんなに可愛《かわい》くてもペットじゃない。乳を出してあたしたちを育て、最後には肉になって、あたしたちの命になってくれるんだよ。そんな牛に恩返しをするためにも、真剣に向き合わなくちゃいけないんじゃないかな」

あたしは、愛《あい》先輩の言葉を何度も反芻《はんすう》していた。

10　アマチュアの意地（六月）

六月二十日。

ついに同志会乳牛コンテストの日がやってきた。

前の晩は、緊張でよく眠れなかった。

万が一、ミルキーが興奮して跳ね回ったりしたらどうしよう。もしも、最下位だったらどうしよう。皆の前で失敗したらどうしよう。でも、早くあの場に立って、竹雀《たけすず》農業高校のミルキーの素晴らしさを知ってもらいたい。

行くのが怖い。でも、行きたい！　相反する気持ちが堂々巡りする。

取りあえず、気合を入れる！

ドライヤーで髪をブローして整えてみたが、すぐにやめた。

何やってんの。審査されるのは牛だっていうのに。

ドライヤーを置いて台所に行くと、母さんが朝ご飯の支度をしていた。

「行ってきます！」

母さんが、「え？」と目を丸くする。

「ちょっと待ってよ。ご飯を食べていかないつもり？」

「うん……。何だか喉を通らない」

「まったくもう、子どもの頃からの緊張しいはぜんぜん変わんないね。これ、用意しといたよ」

母さんがテーブルの上にとんと置いたのは、甘味噌《あまみそ》を塗ったおにぎりに青ジソをのせて油でこんがり焼いたおにぎりだ。

「うわ、いいにおい。うま……！」

何も喉を通らないはずだったのに、おにぎりを手に取り、ぱくりとかぶりついていた。ズシリとお腹《なか》にたまるご飯、そして、味噌の甘じょっぱさと青ジソの爽やかな香りで、体も心もみるみる力を取り戻していく。

母さんが、にこにこしながらそんなあたしの顔を見つめている。

「ごちそうさま……」

急に恥ずかしくなり、そそくさと玄関に向かうと、母さんが追いかけてきてあたしの背中をパンとたたいた。

「気合！」

「もう、痛いじゃん！」

とっさに大声が出た。その勢いのまま玄関を飛び出す。背中がじんじんと温かくて、学校へと自転車をこぐ足にも力が入る。

「おはよう～。緊張で夕べは眠れなかったよ～。どうしよう～」

牛舎で待っていたおはぎが、両手を広げてあたしに抱きついてきた。やだ、おはぎったら完全に顔が引きつっている。あたしまで顔が引きつりそう。片倉《かたくら》先生は一足先に、ミルキーと共に会場へ向かっていた。間もなく石川《いしかわ》先生がやってきた。

「おいおい、二人とも体に力が入りすぎてるじゃないか。そんなんじゃ、ミルキーが不安になるだけだよ。ほら、やってみて！」

石川先生が、肩の上げ下げを始めた。

石川先生に倣《なら》って肩を上げただけで、ずんと鈍い痛みを感じた。コチコチにこっていたんだ。肩がほぐれて心地よい。

少しだけリラックスできたところで、牛部の部室へ行き、白い服に着替える。鏡で正装姿の自分を見たとたん、ぶるっと体が震えた。なんだっけこういうの。そう、武者震《むしゃぶる》いってやつ。会場へと向かう車の中で、一年前に愛《あい》先輩が出場した乳牛コンテストの場面が、動画のコマ送りのように蘇《よみがえ》る。落ち着こうとしても、トクトクと高鳴ってくる心臓の音。愛先輩も、こんな気持ちで車に揺られていたんだろうか。

繋《つな》ぎ場には、昨年同様に美しい牛たちが勢ぞろいしていたが、角《かく》さんがミルキーの尻尾を巻き毛にセットしてくれる様子を見てほっとする。

そこに、同志会の会長である丸守《まるもり》さんがやって来たかと思うと、「噂《うわさ》通りのいい牛だな」とつぶやいた。角さんも「噂通りですねえ」と意味深な様子で相槌《あいづち》を打つ。

え～？　ミルキーのことが噂になっているの？　そんな事初めて知った……！

きょとんとしていると、おはぎがあたしの背中を押した。

「今のうちに審査の様子を見てきなよ～。イメージトレーニング！」

「あ、うん」

他のクラスの審査の様子を見に行くと、すでに片倉《かたくら》先生が観客席にいた。側に行って、人々の間から会場を覗《のぞ》く。

「う～……」

酪農家の動きにうなってしまう。牛が頭を振っても力でねじ伏せたりせずに、うまく力を逃がして牛を落ち着かせている。手綱《たづな》さばきというか、経験に裏打ちされた余裕に見える。

審査員が牛の動きに合わせて歩きながら、じっくりと審査をしていく。

その結果が果たしてどう出るのか。

片倉《かたくら》先生は、時計を見てあたしにぱっと顔を向けた。

「そろそろ未経産ジュニアクラスの審査が始まる。行こうか」

「はい！」

繋《つな》ぎ場に戻ってミルキーの頭絡《とうらく》を握る。おはぎがあたしの胸にとんとこぶしを当てた。

「夢生《むう》、頑張れ！」

「うん！」

最初の一歩を踏み出すと同時に、心臓が早鐘《はやがね》のように打ち出した。

トクトクトクトク。

何テンパッてんだよ、あたし。落ち着け！

自分に強く言い聞かせながら足を進めると、入場口に、他の出場牛が続々と集まってきた。

リードマンは二十代から七十代ぐらいまで様々な年齢の人がいる上に、女性も数人いて心強い。

でも待って……。農家から伝わってくる「うちの牛が一番だ」という気迫がすごい。

うわあ、何、このプレッシャー。膝がかくかくと笑いだした。もう、どうすればいいの？

その時、片倉《かたくら》先生の言葉が頭に浮かんだ。

「農家と農業高校生は、プロとアマチュアだ。経験には雲泥《うんでい》の差がある。だが、農業高校にも、代々、優秀な牛を繋《つな》いできた伝統と誇りがあるんだ。胸を張って行ってきなさい」

そうだよ。胸を張って堂々と歩くんだ……。

頭絡《とうらく》を握り、係員の指示通りに審査場に進み始める。

「あれ？　あれ？」

ミルキーが大きく首を振って、指示とは反対方向に体をねじる。

——ミルキー、だめ！　こっち！　こっちだよ
心の中で叫びながら、ミルキーの肩を押して体の向きを修正しようと試みる。けれども相手は四百キロもある牛だ。全体重を預けるように押してもびくともしない。力の入れすぎで、いつの間にか頭絡《とうらく》を握る指の先が白くなっていることにぎょっとする。

だめだ！　こんなところであたふたしていたら、審査員にミルキーの良さが伝わらない。い

ったいどうすればいいの？　片倉《かたくら》先生助けて！　ううん、だめ！　今は審査中だよ。先生が助けに来れるわけがない。でも、どうやったらミルキーは動いてくれるの？

もう絶望だ……。つ～んと耳がふさがるような感じがして、音が聞こえなくなった。まるで広い砂漠の中に、たった一人ぼっちで投げ出されたみたい。

涙が込み上げそうになった時、ミルキーと目が合った。大きな目が不安そうにきょろりと動く。ごめん、あたしったら一人でテンパっちゃってバカみたいだね。これまで一緒に練習して互いに信頼を築いてきたはずなのに。

今集中すべきことは、いい姿勢をキープして審査員にしっかりとミルキーを評価してもらうこと。何とか体勢を立て直し、再び歩き始める。

「きみ、こっちへ」

「え？　は、はい」

審査員に広場の中央へ出るように指示された。ミルキーを広場の中央へリードしていく。その横に、次々と他の牛が整列していく。

整列した牛たちを前に、審査員がマイクを手にした。

入賞下位の牛から順番に名前が呼ばれていく。あたしは、ミルキーが動かないように頭絡《とうらく》を握り続けることで必死だった。

突然耳に飛び込んできた審査員の声に、びくりとした。

「優等賞一席、タケスズ・サム・メイリーン」

「へ？」

乳牛の正式な名前である名号《めいごう》は、カタカナ表記で、父と母の名前の両方を明記することになっている。冒頭のタケスズは竹雀《たけすず》農業高校の牛であることを表している。サムは父牛。メイリーンは母牛。ってことは……、ミルキーのことだ〜！

観客席から「お〜！」とどよめきが起きる。

優等賞一席とは、そのクラスでの一位だ。信じられずに観客席に目を向けた。片倉《かたくら》先生と石川《いしかわ》先生が両手で握手を交わしている。さらに、おはぎ、ごろちゃんとみねちゃんも、両手を突き上げて飛び上がっている。

まじで？　まじで？　うわあ〜、やっぱり、本当だったんだ。ミルキー、うちら、一位だよ！

やっと喜びが込み上げてきた。でも、驚いたことに意外と冷静な自分もいた。

ここで、大喜びして終わりじゃない。繋《つな》ぎ場まで無事にミルキーを連れて帰る。そこまでが、今のあたしの役目なんだ。

審査員の講評が続く。ミルキーの動きに気をとられて、ところどころしか耳に入ってこないけれど、専門的には体格の美しさに加え、健康的に管理されて生き生きとした力があることも評価されたらしい。あたしたちの毎日の管理もちゃんと評価されたんだ！

側に来た審査員が、紫色のリボンをミルキーの首にかけてくれた。優等賞の勲章で飾られたミルキーは、ほれぼれするほど華やかで美しい。まさにコンテストの女王だ。

係員から「こちらから出てください」と、退場の指示を出された。

やっと、皆の元に帰れる！

ほっとしたのもつかの間、あたしとミルキーは、繋《つな》ぎ場とは別の場所へ誘導された。入賞牛の写真を撮るという。係員が手慣れた様子で、大きな白い板の前にミルキーを立たせた。白い背景の前で前足と後ろ足をきれいに揃《そろ》えて立つミルキーは、神々しくさえ見える。

写真撮影を終え、ミルキーと繋ぎ場へ帰ろうとした時、おはぎが走って来てあたしに飛びついた。片倉《かたくら》先生が慌てて、ミルキーのロープをあたしから受け取ってくれる。

「やったね～！　夢生《むう》！」

「うん！」

おはぎにぎゅっと抱きしめられ、初めて本当の喜びが込み上げてくる。

同時に、負い目も感じていた。

「ごめん、この場に立つのはおはぎだったかもしれないのに」

「ば～か。素直に喜べ～。うちら、そして竹雀《たけすず》農業高校が繋《つな》いできたミルキーが優勝だなんて、こんなにうれしいことないし～！」

おはぎがもう一度、あたしを強く抱きしめてくれる。

うん、その通りだよね。あたしたちだけでなく、ミルキーまで牛たちの命を繋いできた、先輩や先生たちの優勝なんだよ。

片倉《かたくら》先生が、繋ぎ場の柵にミルキーのロープを固定した。これで本当の一段落だ。

「広瀬《ひろせ》、やったな。優秀な牛を育てるのに、アマもプロもないってことだよ」

「はい！」

そう返事しながらも、農家の人たちの気迫がまざまざと蘇《よみがえ》っていた。

自分には果たして、あれほどの気迫があっただろうか……。

そんな思いが頭をかすめた時、石川《いしかわ》先生が息せき切って走ってきた。

「片倉先生っ、ミルキーが、リザーブグランドチャンピオンに決まりましたっ！」

「うお〜！」

片倉《かたくら》先生が両手を大きく広げ、石川《いしかわ》先生と抱き合った。

「リザーブグランドチャンピオン？」

自分でも声が裏返ったのがわかる。リザーブグランドチャンピオンとは、十一クラスすべてを通じての二位だ。ミルキーはその栄誉まで手に入れたのだ。

片倉先生は感無量といった様子で言った。

「この大会で一位と二位になった牛は、乳牛コンテスト全国大会にも出場できるんだ。ミルキーはその権利を獲得したんだよ！」

「ミルキーが全国大会に？　本当ですか？」

電気のようなものがびりびりと体を走り抜けた。乳牛コンテスト全国大会は五年に一度開催され、全国各地から優秀な乳牛が集結して競い合う、オリンピックさながらの一大イベントだ。県の同志会乳牛コンテストに出るだけで精一杯だったのに、全国大会に出場するチャンスが巡ってきたなんて夢みたいだ。そして、高校三年生のあたしにとっては、一生に一度のチャンスだよ！

舞い上がりそうになった時、はっとした。忘れてはいけない大事なこと。

「片倉《かたくら》先生、愛《あい》先輩に結果を！」

「おっと、そうだった！」

片倉先生がスマホを取り出し耳に当てた。

「田村《たむら》？　ミルキーがリザーブチャンピオンになった！　うん、うん。そう……」

ドキドキしながら耳をそばだてる。この結果を伝えられることが誇らしい。愛先輩は、電話の向こうでどんな顔をしてるんだろう。

片倉先生が「田村が広瀬《ひろせ》と話したいって」と、スマホを手渡してくれた。

スマホを耳にあてた途端、懐かしい声が耳に響いた。

「夢生《むう》、おめでとう！」

愛先輩が喜んでくれている。良かった。

「ミルキーと一緒に頑張ってくれて、本当にありがとう！」

今のあたしにとって、愛先輩の声は最高の祝福だ。いくつか言葉を交わし、顔が火照《ほて》っているのを感じながら、片倉先生にスマホを返した。

片倉先生はいつもの落ち着いた表情に戻ると、思案気に腕を組んだ。

「全国大会の会期は十月の下旬なんだ。広瀬は大学受験の準備もあるだろう。リードマンは他の生徒に任せてもいいんだが……」

片倉《かたくら》先生は語尾を濁らせたが、あたしに迷いはなかった。

「リードマン、ぜひ、あたしにやらせてください！」

推薦で受験に臨めるように、勉強の方は地道に準備をしてきた。小論文の勉強も、農業新聞の記事をノートに書き写すなどこつこつと努力を続けてきたのだ。

このチャンスを逃すことは絶対にできない！

片倉先生は、念を押すように言った。

「覚悟はあるのか？」

覚悟……？

全国大会は、県の地方大会よりもさらに優秀な牛たちがライバルとなる。同時に、県と学校の名前を背負って出場することには、大きな責任も伴うのだ。

そのことに気づいた瞬間、腕にざわりと鳥肌が立った。

「はい、あります……」

あたしの声は乾いていた。

11 勲章

同志会乳牛コンテストの日程が全て終わり、石川《いしかわ》先生の運転する車で高校へ戻った。体はくたくただったが、心にはまだ強い興奮が残っていた。

家に帰るとすぐ、翼《つばさ》にメッセージを送った。

——びっくりしないで！　二位のリザーブグランドチャンピオンとったよ！　次は全国大会を目指す！

何度も画面を開いたが、既読がつかない。あれ、今日って塾の日だっけ？

しばらくしてから、やっと返信が来た。

——また忙しくなるってこと？

え？　それだけ？　おめでとうとか、もっと喜んでくれてもいいのに……。

もやもやした気持ちを抱えたまま、スタンプの中から飛び切りの笑顔を探して、翼に送った。

次の日の朝になって、やっと翼《つばさ》からメッセージが届いた。

――午前中に会える？　今日ぐらい、休みなんだろ？

どうしよう……。昨日の今日とはいえ、全国大会を目指す以上、ミルキーの世話を簡単に休む気持ちにはなれない。

ちょっと考えてから、メッセージを送った。

――十一時ぐらいならオーケー
――じゃ、十一時に駅前公園で
なんだかあわただしいけど、しかたがないか……。

牛舎へ行くと、搾乳機械の点検をしていた片倉《かたくら》先生が、あたしを見て手を止めた。

「ん？　顔色が悪いけれど大丈夫？」

「何でもないです。疲れはとれました」

「本当かあ？」

片倉先生がいぶかしげな顔をした時、牛舎の奥で「ンム～」という鳴き声がした。ミルキーだ。すぐさま駆け寄って声をかけた。

「昨日は、ありがとう！」

ミルキーはちらりとあたしを見ると、クチャリクチャリと口を動かし反芻《はんすう》を始めた。リラックスしている証拠だ。体がいつにも増して、大きく、頼もしく見える。

あたしたち、一緒にコンテストを戦った同志なんだよね！

寝ぼけ眼《まなこ》のおはぎもやってきて、ミルキーのシャンプーや牛床《ぎゅうしょう》の掃除が終わる頃には、牛舎の時計の針は十一時近くをさしていた。

困ったな。一旦家に戻って着替えようと思ったのに……。でも、遅れたらまずい。

大急ぎで制服に着替えていると、おはぎがお腹《なか》を押さえながら言った。

「うち、寝坊して朝ご飯抜きなんだよ〜。腹《はら》減った〜。ねえ、フードコートで昨日の反省会でもしようよ〜」

「ごめん！　ちょっと用事があるから先に行くね！」

両手を合わせて自転車に飛び乗る。背中からおはぎの声が追いかけてきた。

「あ〜らデート〜？　お幸せに〜」

駅へと急ぐ途中、女子高生らしい二人組が歩いて来た。サラサラの髪に白のノースリーブと水色のキュロット。もう一人は、花柄のブラウスにジーンズ生地の短パンを合わせている。二人と通り過ぎた時、ふわっと花のような香りがした。

あたしはと言えば、部室から直行で制服のままだ。

公園につくと、白の綿パンに白のTシャツ姿の翼《つばさ》がベンチに腰を下ろし、スマホで音楽を聴いていた。

「ごめん、待った?」

小さく声をかけると、翼はスマホから顔を上げた。心なしか硬い表情に見える。とたんに、その場から逃げ出したくなった。

翼に目でうながされ、おずおずと隣に座った。スカートについた牧草が目につき、あわてて手で払う。

翼が、わずかに眉をひそめた。

「もしかして、牛の所から来たの?」

「うん……」

だって、翼を待たせちゃ悪いと思って、全速力で来たんだよ。

そう言いたかったのに、言葉が喉に詰まって出てこない。

翼は、薄い笑いを浮かべながら言った。

「夢生《むう》って、いつだって、おれよりも牛が優先なんだよな」

「え？」

心臓に氷の刃《やいば》を突き立てられたように、体が一気に冷たくなった。

翼《つばさ》の目がぞくっとするほど冷たい。

「何か最近ずっと感じてたんだけど、おれたちって、関心のあるところが全然違うのかもね。おれは、ちょっとは夢生に興味があったけど、夢生は、おれのことなんか興味がなかったんじゃないの？」

翼の声は明らかに苛立っている。

「ねえ、おればっかり話してるけど、いいの？　それで」

それでいいのかって……。何が何だかわからないのに……。

口が堅く閉じたまま開かない。地面をじっと見たまま、震える指先で牛のストラップを触った。

「おれ、これからは受験に専念するつもりだし、夢生とはもう会わない。はっきり言って、今だって時間の無駄だし」

翼は、唇をゆがめるとベンチから勢いをつけて立ち上がった。黙ってうつむいたままのあたしに、石礫《いしつぶて》のような硬い声が飛んできた。牛のにおいがするぞ」

「彼氏ができたら気をつけろよ。

牛のにおい？　制服にも、牛のにおいが染みついていたのだろうか……。

翼《つばさ》の足音が遠ざかっていくのを、虚《うつ》ろな気持ちで聞いていた。空っぽになった心の中を乾いた風が通り抜けていく。

翼の気配が無くなると同時に駅まで走り、駐めておいた自転車に飛び乗った。無我夢中でペダルをこぎ、高校の牛舎を目指した。

牛舎の中には誰もいない。片倉《かたくら》先生は、昼食を取りに校舎に戻ったはずだ。

ここには、牛のにおいと、牛たちのリラックスした反芻《はんすう》音が満ちている。

あたしの好きなにおい。そして、あたしの好きな音……。

翼は、あたしから牛のにおいがするって言った。彼氏ができたら気をつけろとも……。

あんな言い方をするなんて、ひどすぎる。でも、あたしを傷つけずにいられないほど、翼も傷ついていたのかな……。

よろめくようにしてミルキーの側まで行くと、顔の前にしゃがみこんだ。

「ミルキー、あたし、たった今、ふられちゃったんだよ」

さっきまできつく閉まっていた喉が、やっと開いた。大粒の涙がこぼれ落ちる。ミルキーがギョッとしたように、目をきょろきょろと動かした。

「びっくりさせちゃったね。ごめんね。でも、もうちょっとここにいさせて」

牛舎の隅に行き、積んであった牧草の上に腰を下ろした。

なんだか、ひどく疲れちゃったよ。

牧草の上に仰向《あおむ》けに寝転がると、涙がとめどなく頬《ほお》を伝って流れた。

こんなに悲しいなんて、あたしは翼《つばさ》のことが本当に好きだったの？　ううん、翼に好きになってもらうことだけを願っていた。どこかで傷つくのを恐れて、きちんと向き合うことから逃げていたんだよね。

そしてあたしはずるかった。引っ込み思案を装ってきたけれど、本当は誰よりもかっこよく見られたかったんだ。かっこいい翼とつき合っていることが、ひそかな自信になっていた。自分がふられたってことがショックなんだ。翼のことを、真剣に知ろうともしなかったんだもの……。こんな風にふられて当然だよね。

ごめんね、翼……。

そのまま目を閉じた。

「広瀬《ひろせ》、起きなさい」

え？　はっと目を開くと、片倉《かたくら》先生の困惑したような顔が見えた。

「うわあ〜！」

叫び声と共に跳ね起きると、牛たちが「ブオー！」と鳴き声を上げてざわめいた。

「ずいぶん、爆睡していたんだなあ」

片倉先生は、腕時計を確かめながら、あきれたように言った。

「今年は広瀬かあ」

え？　今年はってどういう意味？

「牛部の女子は、何かあると牛舎で泣いていくんだよ。去年は田村《たむら》だった」

「え〜？　愛《あい》先輩も？」

片倉先生はあたしを憐《あわ》れむそぶりも見せず、淡々と言った。

「なんだ、図星かあ。それにしても、その顔を見られない方がいいんじゃないか？　もうすぐ山元《やまもと》たちが来るよ」

「え？」

あわてて自分の頬《ほお》を触ると、涙のあとに牧草が張りついている。おそらく、目もパンパンに腫れているはずだ。

「か、帰りま～す！」

そう叫ぶと、よろめくように牛舎を飛び出した。ちょうど、ごろちゃんとみねちゃんが、

「夢生《むう》せんぱ～い！」と手を振りながら牛舎に向かって歩いて来るところだった。

二人にくるりと背中を向けると自転車に飛び乗った。

遠くからみねちゃんの声が聞こえた。

「あれ、せんぱ～い！　もう帰っちゃうんですか～？」

「あ、うん、あたし忙しいから行くね～」

顔を見られないように、背を向けたまま自転車をこぎだした。

今度は笑いを含んだごろちゃんの声が聞こえてきた。

「せんぱ～い！　背中に牧草がいっぱいついてますよ～」

「は？」

あわてて自転車を止め、背中の牧草を払い落とそうとした時、ごろちゃんの声がまっすぐに飛んできた。

「そのままでめちゃかっこいいっすよ！　牛部の勲章ですよね」

牛部の勲章？　不意を突かれたように、体からすっと力が抜けた。

ごろちゃんったら、何おかしなこと言ってんだろ。

ふふっと笑みがもれるのと同時に、体に力が戻った。落ち込んだ時に無理にでも笑顔を作ると元気が出るって、何かの本で読んだっけ。それってほんとなんだな。そんなことが今わかるなんて……。

自転車のハンドルを握りなおしてぐんとペダルを踏み込むと、何事もなかったように、いつも通りの声が出た。

「お先に～！　搾乳がんばって！」

「は～い！」

みねちゃんとごろちゃんの元気な声がかすかに聞こえる。

ペダルを踏む足に力を入れた。

ごろちゃんの言う通りだよ。牧草だらけはあたしの勲章だ。

何てかっこいい勲章だろう。あははは……。

声を上げて笑おうとした。けれどもすぐに嗚咽《おえつ》が漏れて、涙がぼろぼろとこぼれた。

だめだよ。そんなに簡単には笑えない……。

12 他人の釜の飯（八月）

夏休みまであと三週間という時、片倉《かたくら》先生が牛舎であたしとおはぎを待っていた。

「二人に提案があるんだ。夏休みに研修に行ってみないか？　私の学生時代の先輩でもある酪農家で九泊十日の泊まり込みだ。宿泊場所も、食費も保険も、酪農家の方で用意してくれる」

おはぎが目をむいた。

「え、そこに泊まるんですか～？」

「ああ、福島県内になるから通うには遠い所でね。若い子たちを育てるのに熱心な酪農家なんだ。一応、候補日は八月一日からだがどうかな？」

「あたしは行けま～す」

おはぎは、スマホを開いてスケジュールを確かめると、あたしに腕をからめた。

「でも一人じゃいやだな。夢生《むう》も行こうよ、お願い！」

知らない人の家に泊まり込む。しかも十日間も？　なんだか、ハードルが高すぎる。

気が進まなかったが、翼《つばさ》と別れてから、心の中にはぽっかりと穴が開いたままだ。翼とのことは、すでにおはぎに打ち明けている。

もしかしたら、おはぎは、あたしを励まそうとしてくれているのかな……。

「行きます……」

自分でも情けないほどの小さい声だった。

片倉《かたくら》先生は、研修先の住所が書かれた紙を手渡してくれた。

「よし、広瀬《ひろせ》は茂庭《もにわ》さんの牧場。名取《なとり》は留守《るす》さんの牧場だ。八月一日の朝八時半に学校へ来ること。行きと帰りの送迎は私がするから。一応、親に相談してみて」

「うっそ～」

「あたしたち、別々ですか？」

「そうだよ」

片倉先生は、さも当たり前というように、平然と答える。

「そんな～」

あたしはおはぎと手を取り合った。

「てっきり二人で行くと思っていたよね」

「他人の家に、しかも一人きりでだなんて、まじ不安しかないよ～」

家に帰って、農家研修の事を母さんに相談すると、驚くほどあっさりと、「行ったらいいよ」と答えが返ってきた。

「昔から、他人の釜の飯を食べろっていうじゃない」

「え？　御馳走《ごちそう》になるってこと？」

「あはは、他人の家で経験を積ませてもらうことだよ。それに、可愛い子には旅をさせよとも言うし……」

母さんはカレンダーに目を向け、つぶやくように言った。

「だって、夢生《むう》は、もうすぐここを出ていくんだものね……」

母さんには、片倉《かたくら》先生の母校でもある、北海道の北斗《ほくと》農大を目指していることを話していた。北海道は遠い。ここからは旅費もかかる。進学すれば、年に数回家に帰ってこれるかどうか……。

でも、母さんは、「やりたいことがあれば何でも応援する」と、いつもあたしの背中を押してくれている。少しずつ、自分の足で歩かなければ。

八月一日の早朝、リュックを背負い部室の前に立った。片倉《かたくら》先生の車に乗り、それぞれの受け入れ農家を目指す。車は竹雀《たけすず》農業高校のある平地を離れ、山間地へ向かって進んで行く。

「おはぎ、あたしたちが行くのって、どんな所だろうね」

「は〜、めっちゃどきどきする〜」

リュックを抱きかかえながら窓の外を眺めた。周りの景色は次第に山や森ばかりになっていく。

先に着いたのは、おはぎが行く留守《るす》さんの牧場だった。留守さんの牧場には、巨大な倉庫のような牛舎が何棟も並んで立っていた。緊張しているのか、おはぎは鼻にはうっすらと汗を浮かべ、勢いをつけてリュックを背負うと、片倉先生と牧場の奥にある家へと向かっていった。

片倉先生が戻ってきて再び車が走り出した。留守さんの牧場が小さく遠ざかっていく。

おはぎが行っちゃった……。急に心細くなり、さっきまでおはぎが座っていたシートに手を伸ばし、わずかに残る温《ぬく》もりを確かめる。

留守さんの牧場から車で十分ほど行った山の合間に、茂庭《もにわ》さんの牧場が現れた。二階建ての家と、木造の古びた牛舎と倉庫のような牛舎が並んで立っていて、周りの運動場には、牛の姿も見えた。けっこう、古い牧場なんだ……。

高校の牛舎は、改装してから十年しかたっていない。それに比べるとぼろいよね。いけないとわかっていても気持ちが沈む。

「茂庭《もにわ》さんは確か五十三歳だ。大学を卒業してすぐに就農したから牛舎も年季が入っているんだよ」

あたしの気持ちを察したのか、片倉《かたくら》先生がなぐさめるように言った。

「こんにちは！　片倉です」

片倉先生の声を待ちかねていたかのように、すぐさま玄関が開いて、茂庭さんとパートナーの晴香《はるか》さんが出てきた。ゴマ塩頭と筋肉質の体をした茂庭さんの横で、小柄で細身の晴香さんがにこやかな笑みを浮かべている。

「よろしくお願いします」

頭を下げると、茂庭さんの太い声が上から降ってきた。

「まかせとけ。良く仕込んでやるから」

「あははは。先輩、お手柔らかにお願いしますよ」

「あははは、まあ心配するな」

はあ？　仕込むって何を？　なんか、やな予感。このおじさんに、こきつかわれちゃうのかな……。

茂庭《もにわ》さんと片倉《かたくら》先生は、不信感が増す一方のあたしをよそに、豪快な笑い声を上げながら、楽しげに話している。

「じゃあな。広瀬《ひろせ》、がんばれよ。十日後に迎えに来るから」

片倉先生の車が視界から消えた。とたんに目頭が熱くなる。

先生まで、行っちゃった……。

突然、茂庭《もにわ》さんの大きな声が鼓膜に響いて、涙が引っ込んだ。

「さっそく実習に入るぞ。まずは、うちの牛舎を案内してやるよ」

作業着に着替え、茂庭さんと晴香《はるか》さんの後について木造の牛舎の中へ入っていく。

床はコンクリートだが、木の柱は蜘蛛《くも》の巣だらけで、屋根のトタンは所々錆《さ》びている。こんな牛舎で大丈夫なのかな……。不安を募らせながら見回していると、茂庭さんがにやりと笑って言った。

「ぼろい牛舎でびっくりしただろう」

「え？　あ、いいえ」

「いいって。無理すんな。高校の牛舎はピカピカだもんな。木造牛舎は、おれが就農した三十年前に自力で建てた牛舎なんだ。今でも大事に使っているんだよ」

「自力で？　この牛舎を？　自分で建てちゃったんですか？」

「そうだよ。正確には大工さんと一緒だが、トタン屋根を張る作業も、コンクリートの床造りも、柵の溶接も自分でやったんだ。何でもやるのが農家だからな」

「す、すごい……」

茂庭《もにわ》さんの体が急に大きく見えた。

「木造の方は『繋《つな》ぎ』で飼っていたころの牛舎だったが、今は搾乳用に使っているんだ。隣の鉄筋コンクリートのほうは、フリーストールだ」

「繋ぎ」とは、竹雀《たけすず》農業高校のように、乳牛を柵に繋いだ状態で飼い、搾乳もその場で行う形態だ。フリーストールでは、広い牛舎の中を牛が自由に動き回れる状態になっていて、搾乳の時だけミルクパーラーという搾乳専用の建物を使って搾乳する。

茂庭さんは、腕時計を確かめながら手短に言った。

「今から十二時までミルクパーラーの掃除。昼休みの後は、事務作業の手伝い、それが終わったら、餌作り。四時からは子牛にミルク。五時から搾乳の手伝いに後片づけまで。夕飯は八時。

明日の朝は四時起きだ。いいかな」

「はい」

てきぱきと指示を出す茂庭《もにわ》さんに圧倒され、身がすくむ思いで後ろ姿を見送った。

それまで黙って側にいた晴香《はるか》さんが、にこやかな笑顔のまま言った。

「矢継《やつ》ぎ早《ばや》に言われるからびっくりしたでしょ。しかも声は大きいし、怒鳴られているみたいに聞こえるかもね。とにかく忙しい人だから」

晴香さんにミルクパーラーに案内され、スコップを手渡された。

「広瀬《ひろせ》さん、じゃあ、ここのフンさらいをお願いね」

「はい！」

ミルクパーラーには自動でフンを掃除する機械がついているが、それだけでは取り切れないフンも残っている。牛たちを乳房炎や病気から守るためにも、そのままにしておくことはできない。フン掃除なら、高校の牛部でも毎日のようにやってきた。

スコップでフンを寄せ集めていると、茂庭さんがやってきた。

「おい！　そんなにもたもたしてたら仕事にならんだろう！　日が暮れちまうぞ！」

「は？」

大きな声に心臓が跳ね上がる。気がつけば、茂庭《もにわ》さんにスコップを取り上げられていた。

「いいか、ここは高校じゃない。おれは牛が好きで牛飼いになった。だが、どんなに牛が好きでも、経営が成り立たなければ牛を飼い続けることはできないんだよ。愛情と経営のギリギリのところで、皆必死でやっているんだ」

茂庭さんは、そう言うと、目の前で実際にフンをさらってみせた。

「もっと、スコップを斜めにして力を入れるんだ。削り取るように、こうだ」

茂庭さんの体の動きには、無駄がない。ザッツザッツとリズミカルにスコップを動かし、素早く、しかも丁寧にフンをさらっていく。

「昼までに終わらせておけな」

茂庭さんはあたしにスコップをぐいっと押しつけ、また急ぎ足で牛舎の外に出て行った。

スコップを握りしめたままその場に立ち尽くした。茂庭さんの言葉が、グサグサと心に突きささっている。牛部では三年間牛の世話をしてきた。少しはできるつもりだったのに、フンさらいの段階で、すでにだめだめじゃん……

ぶわっと涙があふれ、足元のコンクリートに幾つも灰色の染みを作った。

涙をぬぐおうとした時、外の運動場にいる牛の姿が目に入った。クチャクチャと反芻《はんすう》をしながらのんびりと遠くを眺めている。急に自分が滑稽《こっけい》に思われて、ふふっと笑い声がもれた。あたしが落ち込もうが泣こうが、牛にとっては何てことないんだよね。ほんと、あたしったら何やってんだろ。自分のことばかりにとらわれていないで、牛に真剣に向き合わなくちゃ。そのためにここに来たはずなのに。

軍手でぐいっと涙をふくと、茂庭《もにわ》さんの体の動きをイメージしながら、一心不乱にフンをさらっていった。

昼近くに、茂庭さんが戻ってきた。ミルクパーラーの中にさっと目を走らせると、にこりともせずに言った。

「よし。ご苦労さん。昼飯にしよう」

はあ……。ため息と共に体から力が抜ける。

今まで生きてきて、こんなに必死でフンさらいをしたことがあったか？　いや、ない！

くたくたになりながら家に着くと、晴香《はるか》さんが昼ご飯を用意してくれていた。そうめんと、畑で採ったばかりだという夏野菜の天ぷらの盛り合わせだ。氷を添えていかにも冷たそうなそうめんに、いやが上にも食欲をそそられる。野菜の天ぷらは、タマネギ、ナス、カボチャにオクラ、青ジソまである！

さっそくそうめんをすすった。糸のように細いそうめんが、からからの喉を潤しながら胃袋の中へ滑り落ちていく。次にカボチャの天ぷらに箸を伸ばす。ほっこりとしていてお菓子のように甘い！　まじ？　これって、ただの天ぷらだよね。タマネギもナスも、どうしてこんなに甘いんだろう。こんな野菜、食べたことがない。新鮮な野菜って、こんなにもおいしいんだ！

よほどがつがつと食べていたのだろうか。晴香《はるか》さんがあたしを見て、肩を揺らしながら「くくく」と笑った。

茂庭《もにわ》さんが、ズズっと豪快な音を立ててそうめんをすすった。

「片倉《かたくら》から聞いたが、広瀬《ひろせ》は全国大会に行くんだって？」

「あ、はい」

食べるのに忙しくて生返事になる。

「実は、おれも若い頃に出たことがあるんだ」

「え？　茂庭さんもですか？」

驚いた拍子にめんつゆが気管に入り、ゲホゲホと派手にむせた。

「ああ、農家の気迫もプレッシャーも、県大会の比じゃない。あの場に立った時は、恐ろしさで手も足も震えたよ」

「そ、そうなんですか……」

ごくりとつばを飲み込んだ。

強面《こわもて》の茂庭《もにわ》さんでも震えるとは、全国大会とは、どれほど恐ろしいところなのだろう……!

箸を持ったまま固まってしまう。

晴香《はるか》さんが「そんなに脅かさないでください!」と、茂庭さんをたしなめた。

茂庭さんがテーブルにぴしゃりと箸を置いた。鋭い音にびくりとする。

「おれから広瀬《ひろせ》にアドバイスできるとしたら、腹をくくるってことだな」

「腹をくくる?」

「人間、何かを突破しようとしたら、それなりの覚悟を決めるのが大事なんだよ」

茂庭さんの強い眼差《まなざ》しに気圧《けお》されて息を飲む。

覚悟……。そういえば、片倉《かたくら》先生からも同じ言葉を聞いたっけ。昼食を食べている間、「覚悟」という言葉が頭の中に何度も浮かんだ。

昼食が終わると、家に残り、晴香さんのデスクワークを手伝った。牛の健康状態や乳量も、パソコンでデータを管理していた。牛に与える餌の量や質、それぞれの牛が出す乳の量、牛の健康管理、牧場で購入する餌代や機械の修理代、ガソリンや軽油といった燃料費、病気になった牛の治療費など、そのすべてが経営に直結していく。

「こうして、折れ線グラフで乳量の変化もわかるわけ。最近は温暖化で猛暑日が多くなっているから、夏の乳量が以前よりも減っているってわかるよね。右肩上がりなのは、餌代と燃料費だよ。乳価はなかなか上がらないし、上がってもわずかだから、今は赤字になっていく一方で厳しさは増すばかり。それでも経費削減の工夫をしながら続けていくつもりだけどね」

あたしは、一向に上昇しない乳価のグラフを目で追った。

乳価とは牛乳や乳製品の原料となる、搾乳したままの生乳の値段のことだ。乳価は、牛乳を安定して生産できるように、酪農生産団体と乳業メーカーとの交渉で決められている。生産経費が上がれば、その分を販売価格に転嫁するのが一般的だ。しかし、値上げによって消費が落ち込むことへの恐れから、乳価を上げるのは容易ではないという。

あたしも消費者の立場なら、牛乳をはじめ農産物の値段が少しでも安い方を望むだろう。でも、その負担を誰かが飲み込んでいるのだとしたら……。そして、安さを求める先で生産現場が維持できなくなってしまうとしたら……。

パソコンのキーボードをカタカタと叩《たた》く音が止まり、晴香《はるか》さんが椅子をくるりと回転させてあたしに向いた。

「そういえば、さっき、夫が腹をくくるって言ったでしょ」

「あ、はい……」

あたしはまだ、腹をくくるというのがどういうことかをつかめずにいた。

晴香《はるか》さんが気恥ずかしそうに笑うと、パソコンをぱたりと閉じた。

「わたしなんかは、腹をくくれるようになったのなんてつい最近だよ」

「え？　そうなんですか？」

にこやかで動じない印象からは想像ができない。

晴香さんは、台所から麦茶を持ってきて出してくれた。水滴のついた曇りガラスのコップを受け取ると、麦茶の中の氷がカランと音を立てた。

再び話し始めた晴香さんの口から出たのは、思いがけない言葉だった。

「二〇一一年の大震災の時は、広瀬《ひろせ》さんって小さかったんだよね。覚えている？」

「え？　あ、あの時は確か、五歳ぐらいでした。家も家族も無事でしたけど、ものすごい揺れだったのと、停電が続いたりで大変だったのはなんとなく覚えていますけど……」

「そっか。うちは内陸だから津波の被害は受けなかったし、建物も倒れずに済んだんだよ。停電は一週間続いたけれど、そんな時に備えて自家発電機が用意してあるから、搾乳はできたんだけどね。一番問題だったのは原発事故だったね」

原発事故という言葉にぎくりとした。東日本大震災では、津波に加えて原子力発電所の事故も発生した。当時、原発周辺の人たちが避難を余儀なくされた上に、野菜や牛乳が一時期出荷停止になったことを、その後のテレビの特番で見たことがあった。

晴香《はるか》さんがコップの中の氷をカラカラと揺する。まるで記憶を一つ一つたぐりよせるように。

「あの頃は牛乳が一時出荷停止になって、牛が出してくれたお乳を草地に捨てるしかなくてね。ただ土に吸い込まれていくだけの白いお乳を見ながら、毎日泣いていたかな。遠くにいる知人たちからも、もう酪農はあきらめろと言われたり、今すぐ避難して来いと言われたりしてね。ここから逃げるべきなのかとパニックになったこともあったんだよ」

知らなかった。そんなことがあったなんて……！　胸がぎゅっとしめつけられる。

あたしは、冷たい麦茶をごくりと飲み込んだ。同じように、晴香さんもごくりと麦茶を飲んだ。

「でもね、ある日夫が言ったの。『おれは牛を置いて逃げることはできない。今まで牛に生かしてもらったんだから、その牛の命を最後まで守るつもりだ』ってね。頭をがんと殴られた気がして、パニックになっていた自分を恥じたよ」

晴香《はるか》さんは窓の外に視線を向けた。

「牛飼いには皆、そんな気持ちがあると思うんだ。だからあの時国から避難指示が出て、牛を置いて避難しなければならなかった、農家の苦しみと悲しみの深さを思って泣いたよ。その時かな、牛と一緒に生きていくって、本当に腹をくくることができたのは。それからは、何でも来いって感じだよ」

晴香さんは、三日月のような形に目を細めてあたしに言った。

「広瀬《ひろせ》さんも、人生の中で、必ず腹をくくる時が来るんじゃないかな。きっと来るよ」

「は、はい……」

小さくうなずき、コップの中でゆるゆると溶けていく氷を見つめた。

一体この先に、どれだけの困難が待ち構えているんだろう。あたしも、茂庭《もにわ》さんや晴香さんのように、どっしりと地に足をつけた人になれたら……。この九泊十日の実習で、できる限りのことを吸収したい。

小さくなった氷を口に含むと、奥歯でがりっとかみ砕いた。

あたしは、茂庭《もにわ》牧場の仕事に必死で食らいついていった。

「おい、そんな所にぼ〜っと立っていたら、牛に蹴られて大怪我《おおけが》をするぞ！」

茂庭さんからはしょっちゅう雷が落ちる。

「体重が六百キロもある牛が相手なんだ。ちょっとした気の緩みが、一瞬で骨折や打撲に繋《つな》がってしまう。現場は常に命がけなんだよ！」

その度に、自分の甘さを痛感した。

茂庭さんは、牛たちの小さな変化を見逃さなかった。

「あの牛は表情がさえないだろ？　ここ二日ほど餌を残しているな。あとで、獣医さんに診《み》てもらうか」

茂庭さんには、あたしに見えないことが見えているんだ。いや、見えなければ牛を守ることもできないし、それが全て経営に直結していくんだ。

現場の厳しさは、牛部の活動や実習とは別次元だ。

あたしは、作業をしながら、同志会で競い合った農家さんたちの気迫を思い出した。あの農家さんたちも、茂庭さんと同じような現場で働いている。

同志会とは、乳牛を改良する目的でだけ集まったんじゃないのかもしれない。牛と共に生きて行くという覚悟を持った人たちの集まりだったのかな。

研修も最終日、朝の搾乳が終わってやっと食卓についた時、茂庭《もにわ》さんは、初めてくつろいだ表情をみせた。朝食は、ご飯とみそ汁に目玉焼きとシンプルだが、晴香《はるか》さんお手製のキュウリやナスの漬物がついている。この漬物、めちゃおいしいんだよな。毎日へとへとになりながらも、ご飯だけはしっかり食べることができた。

茂庭さんは手を伸ばして、あたしのコップになみなみと牛乳をついでくれた。

うわあ、牛乳をついでもらえるなんてうれしい！

「広瀬《ひろせ》、よく頑張ったな」

「あ、ありがとうございます！」

茂庭さんはあたしに向かって、「乾杯！」とコップをかかげた。一気に牛乳を飲み干し、満足げに言った。

「片倉《かたくら》の言ったとおりだったよ」

「え、先生が？」

「ああ、広瀬《ひろせ》はおとなしそうに見えて芯が強い。そして性根がまっすぐだってな。そういう子は必ず伸びる。だから、おれも遠慮はしなかった」

片倉《かたくら》先生が……。

目の奥がじんと熱くなる。

九泊十日の実習は、めちゃくちゃ濃い時間だった。本気で接してもらったからか、茂庭《もにわ》さんや晴香《はるか》さんが他人とは思えなくなっている。別れが寂しくてたまらない。

こらえ切れない涙がぽたぽたとご飯の上に落ちる。

「なんだ、白いご飯に塩味が利いてちょうどいいようだな」

茂庭さんが茶化《ちゃか》すので泣き笑いになってくる。

甘くてしょっぱくて……。他人の釜の飯っていろんな味がするんだね。

晴香さんは、帰り際に漬物や野菜をたくさん袋に詰めて持たせてくれた。

迎えに来た片倉先生の笑顔を見ながら、将来への夢がおぼろげながらも形になっていくのを感じていた。

あたしは、ここでの体験を体に刻みつけて、茂庭《もにわ》さんも出たという全国大会に出場する。

そして、片倉先生と茂庭さんの母校でもある北斗《ほくと》農大で、もっともっと勉強するんだ。

13　全国大会（十月）

乳牛コンテスト全国大会は、十月二十七日から三十日にかけて、九州の宮崎県で行われた。

あたしは片倉《かたくら》先生、石川《いしかわ》先生、おはぎと共に、開会の四日前に飛行機で、ミルキーは輸送用のトラックで、九州へと向かった。

出発の時、牛部の皆から、神社で必勝祈願してもらってきたというお守りをもらった。旅費の関係で、全員一緒にはついて来れない。けれども、全国大会までの間、ごろちゃんもみねちゃん、そしてめぐちゃんも一緒になってミルキーの世話をし、練習にも毎日つき合ってくれた。ここまでやって来れたのも、牛部の皆のおかげだ。

宮崎の空港に着くと、背の高いヤシの木が迎えてくれた。

「さすが南国じゃ～」

おはぎと興奮気味にスマホのカメラを向ける。東北とは違う風景に心を躍らせながら、バスで会場へ向かった。

学校の体育館の数倍も広く見える屋内会場には、中央に牛が審査を受ける審査場が設けられていた。楕円形《だえんけい》の審査場には、牛が足を痛めないように砂が敷き詰められている。

審査場をぐるりと取り囲んで、千人は入るという観客席が設営されていた。屋内会場の外には、全国から集まった牛のために、木枠にテントを張った、仮設の牛舎が設置されている。仮設牛舎は長屋のように部屋が仕切られ、各県ごとの出場牛が入居していた。

牛の世話をする人、牛の品定めをする人、牛について語り合う人、たくさんの人が入り乱れ熱気が渦巻いている。たちまち気後《きおく》れしてしまい、背中が丸くなる。

「はあ……。周りは酪農家ばかりだね」

「高校生はうちらだけみたいだよ～。どうしよう～」

片倉《かたくら》先生があきれたように笑った。

「おいおい、何て顔をしてるんだよ。しっかりしなさい。ミルキーが出場する部門には、北海道から鶴寒《つるさむ》農林高等学校の牛も出るんだから」

え？　他の高校も来ているんだ！　とたんに背筋が伸びる。

「良かった……」

「意地でも負けられないよね～」

自信を失ったりやる気になったり。気持ちが目まぐるしく変わる。片倉《かたくら》先生がそんなあたしたちを奮い立たせるように、「さあ、行くぞ！」と言った。

竹雀《たけすず》農業高校に割り当てられた部屋には、先に着いたミルキーが待っていた。牛舎の中には、餌や敷物、体を洗うためのシャンプーや道具など、一式がコンパクトに収められている。牛を引く練習やシャンプーは、仮設牛舎の外に設けられた仮設運動場と洗い場で行うことができた。

県代表としての責任を背負って出場する全国大会のプレッシャーは、茂庭《もにわ》さんが言った通り、地方大会の比ではなかった。会場全体にピリピリとした空気が張り詰めている。

十八月齢となったミルキーは、大会初日の未経産シニアミドルクラスに出場する。

出場を待つ間、宿舎から仮設牛舎に通いながら、餌やりと毛洗いを行い、その合間に、大会の様子を見学する。他の牛の素晴らしい体型を見るにつけ、そのレベルの高さに圧倒されてしまう。

片倉先生や石川《いしかわ》先生、おはぎが手伝ってくれるとはいえ、ミルキーにつきっきりで世話をする時間が積み重なるにつれ、疲れがたまっていった。

「広瀬《ひろせ》！　名取《なとり》！」

「は？」「え？」

気づくと、おはぎと二人、ミルキーの前の椅子に座ったまま眠りこけてしまうこともあった。夢中で四日間を過ごし、いよいよやってきた出場の日。

「ガンバ！　うちらも一緒だからね！」

おはぎが、白いズボンのポケットに、牛部の皆が祈願してくれたお守りを滑り込ませてくれた。ここまで、皆と頑張ってきたんだ。ベストの力を出さなきゃ！

ミルキーと共に審査場の前に進む。

同じクラスに出場する牛たちは、地方大会を勝ち抜いてきた精鋭ぞろいだ。背中のライン、乳房の形、骨格のどれをとっても見事で、美しく磨き上げられている。牛を引いて歩くリードマンたちも、胸を張り自信に満ちて見える。

片倉《かたくら》先生が、プログラムを手に、「あそこにいるのが、北海道の鶴寒《つるさむ》農林高等学校のリードマンだよ」と出場者の一人を指さした。黒縁の眼鏡《めがね》に太い一の字眉で、頬《ほお》がほんのり赤い男子生徒だ。

鶴寒農林高等学校の男子生徒があたしの方をちらりと見たかと思うと、わずかに口を動かした。高校生同士頑張ろうって言ったのかな。きっとそう。お腹《なか》の中に力が湧いてくる。

審査が始まり、牛を引くリードマンと牛たちが動き出した。

どの牛も歩調に乱れがない。よく訓練されているのがわかる。牛と一緒にどれほど練習を重ねてきたことか……。あたしも、できる限りのことはやってきた。それでも、まだまだ上には上がいるんだ……。

やだ、心臓がバクバクしてきた！　膝がガクガクして足に力が入らない。頭絡《とうらく》を握る手が冷たくしびれている。これじゃ同志会乳牛コンテストの時と同じだ……。

ミルキーも、観客のざわめきに不安を感じているのか、目をしばたたかせている。

どうしよう。茂庭《もにわ》さんでさえ、全国大会では足が震えたって言ってたよね。

あ、でも、茂庭さんは、こうも言ってた。

――人間、何かを突破しようとしたら、それなりの覚悟を決めるのが大事なんだよ。

そうだ、覚悟だ。足が震えようが絶対にやり抜くんだ。腹をくくれ、あたし！

頭絡をぐっと握りなおすと、ミルキーの首を持ち上げて背筋がまっすぐに見えるように調整した。

ミルキー、竹雀《たけすず》農業高校がどんなに牛を大事にしているか、全国の人に知ってもらおうよ。

心の中でそう呼びかけながらリードして行った。ちらりと鶴寒《つるさむ》農林の男子生徒を見ると、落ち着いた様子で牛を引いている。あたしも負けられない！

審査員が、入賞牛を選び出し、中央へと引き出していく。

また他の牛が呼ばれていった。ミルキーはまだ呼ばれない……。

いつになったら呼ばれるの？

次第に焦りが募ってくる。今度こそ、今度こそは、呼ばれるよね？

やっと、ミルキーが中央に並ばされた時、他の牛は残っていなかった。

つまり、最下位だったってこと……。

審査員がマイクを持ち講評を始めたが、言葉が全く耳に入ってこない。

何かの間違いじゃないの？　一位どころか、入賞もできなかったなんて……。あたし、悪い夢でも見ているんだろうか。

入賞者の喜びの声が、どこか遠くで起きている出来事のようにすら思えていた。

鶴寒《つるさむ》農林高等学校の牛は、十二頭の出場牛中、最後から三番目だった。

あんなに素晴らしい牛が出場したのに、それでも入賞できなかったなんて……。

講評が終わると、茫然《ぼうぜん》としたまま、ミルキーを連れて審査場を出た。

鶴寒農林高等学校の男子生徒が、牛の傍らで眼鏡《めがね》をはずし、こぶしで何度も目をぬぐっている。悔しいよね。あたしも同じだ。目の前の景色が涙でぐにゃりとゆがんだ。

審査場の出口で待っていたおはぎが、あたしをいたわるように抱きしめてくれる。

「夢生《むう》、お疲れ！」

片倉《かたくら》先生がミルキーのロープを受け取り、「よく頑張ったよ！」と声をかけてくれた。

あたし、あたし……。唇が震えて何も言うことが出来ない。

すると、片倉先生が、「広瀬、あそこ」と、仮設牛舎の奥を指さした。逆光でシルエットにしか見えないが、忘れられない人のフォルムに目を見張った。

「愛《あい》先輩……！」

愛先輩が手を振りながら小走りでやってくる。

「気がつかなかった？　観客席からずっと応援していたんだよ」

ソバージュヘアにうっすらと化粧をした愛先輩は、高校の時とは別人のように見えた。大学生になるとこんなにも大人の雰囲気に変わるんだ……。

「すみません！　ミルキーは……」

最後まで言い終えないうちに、涙で声がつまった。悔しさと申し訳ない気持ちが胸の中に渦巻いていて、自分でもどうしようもなかった。

愛《あい》先輩が、むせび泣くあたしの背中をさすってくれた。

「謝るなんておかしいよ。全国大会に来れただけでも、本当にすごいことなんだよ。あたしは、竹雀《たけすず》農業高校の伝統を背負って出場したミルキーと夢生《むう》を、そして牛部の皆を、心から誇りに思うよ」

懐かしい愛先輩の声と手の温《ぬく》もりが、強張《こわば》っていた心を解きほぐしてくれる。

そうだよね。ミルキーとこの大会に出ることができたのも、愛先輩や先生、そしてその前に先輩が代々、牛を愛し、命を繋《つな》いできてくれたから。そして、おはぎや牛部の皆、同志会の人々、茂庭《もにわ》さん、晴香《はるか》さん、母さん……。たくさんの人たちに支えてもらったおかげなんだ。

「応援、ありがとうございました！」

やっと声が出た。涙がすうっと頬《ほお》を伝って流れる。

悔し涙ではなく、感謝の涙だった。

全国大会が終わり、ごろちゃんとみねちゃんが本格的に牛部を担うことになった。

「山元《やまもと》先輩、前搾りの乳のチェックお願いします」

「オーケー、搾乳始めていいよ」

「亘理《わたり》先輩、ここの手順、もう一回教えてください」

「また～？　やって見せるから、そろそろ覚えてよ」

ごろちゃんとみねちゃんが、四苦八苦しながらめぐちゃんに指導している姿が微笑《ほほえ》ましい。

おはぎが、牛舎の黒板を指でなぞりながら言った。

「夢生《むう》～、もう、名前決めた？」

黒板には、それぞれの牛の分娩《ぶんべん》予定日が記してある。ミルキーの予定日は二月の上旬だ。ミルキーの名前は愛《あい》先輩がつけた。そのミルキーから生まれる子牛の命名権は、全国大会でリードマンをつとめたあたしに与えられた。

「ううん、子牛の顔を見てから決める」

どんな名前にしようか……。寒い冬に生まれるから、スノー？　ウインター？　それとも、ホワイティー？

候補の名前が頭に浮かんでは消えていく。

そうだ、その場で子牛を見てから決めよう。きっと、子牛が自分で名前を決めてくれる。そんな気がしていた。

14 北の大地（十一月）

十一月二十九日。あたしは北斗《ほくと》農大の推薦入試を受験するために、北海道へ旅立った。ネットで申し込んだパック旅行で、飛行機と送迎バスを使い、昼過ぎに北斗農大近くの受験生用ホテルへ到着した。

バスから降りるとすぐ、ダウンコートの首元をきゅっと寄せた。細かい雪が降っている上に、スマホで見ると外気温はすでに氷点下だ。東北南部も寒いとはいえ、家のある太平洋側の冬は晴れの日が多く比較的温暖だ。経験したことのない寒さが、襟元や袖口から鋭く差し込んでくる。

入試の当日、ホテルから一人、大学へと向かった。茶色いレンガ積みの大学正門をくぐると、遠くに、学生を乗せた馬が悠々と歩いているのが見えた。ピリピリと頬《ほお》をさすような冷たい風にのって、かすかに牛のにおいを感じる。

あたしの来るべきところは、やっぱりここだ。

気がつくと受験生らしき集団の中にいた。友人と一緒の子もいれば、あたしのように一人で歩いている子もいる。

一人でも、友人と一緒でも関係ない。試験の時は自分自身が試されるんだから。

――人間、何かを突破しようとしたら、それなりの覚悟を決めるのが大事なんだよ。

茂庭《もにわ》さんの言葉を噛《か》みしめると、ぐっと腹に力を入れ、試験会場に入った。会場には六十人近い生徒がいた。その中から選ばれるのは半分だ。

推薦入試は、学科の評定と活動評価の書類選考、小論文、面接からなっている。あたしの全学科の平均評定は、北斗《ほくと》農大の受験基準を十二分に満たしている。もちろん、他の受験生も同じに違いない。皆の顔を見たら動揺してしまいそう。じっと机だけを見つめた。

いよいよ小論文の試験が始まった。これまで、先生に勧められた本や農業関係の新聞記事を拾い出して読み、自分の考えをノートに書く練習を重ねてきた。

試験用紙を広げると、持続可能な農業、輸入農産物、食料自給率など、頭に入れてきたキーワードがたくさん並んでいた。これらの中から言葉を選び、問題文に対する考察を記述する。

カリカリカリ。鉛筆を素早く走らせる音が試験会場の中に響き始め、ドキリとする。

え、もう、書きだしちゃったの？　ううん、一呼吸おいてから書こう。知っていることだけを書いたり立派なことを書こうとしたりしちゃだめだ。最後は、自分の考えを誠実に差し出さなければ。

白い回答用紙に向かって鉛筆を構えた。持てる限りの知識と思考力を振り絞り、集中して小論文を書き上げていった。

小論文の後は昼食をはさんで面接だ。昼食はホテルの近くのコンビニで調達しておいた。「せっかく北海道まで行くんだからおいしいものを食べてきなさい」と母さんからお金を渡された。でも、ただでさえ旅費がかかるし、気持ちに余裕がないからグルメどころじゃない。

北海道のコンビニは、さすがに牛乳やプリン、チーズ、クリーム系のスイーツなど、乳製品が充実していて心がときめいた。北海道のご当地パンということで楽しみにしていた、ツナを詰め込んだちくわが入ったパンと、表面が羊かんでコーティングされたパン。もちろん北海道の牛乳もしっかりと購入した。

初めて食べるパンも北海道の牛乳もチーズも、どれもおいしくてお腹《なか》に染みた。おいしい食べ物は生きる力をくれる。それは絶対に間違いがない。面接も頑張れそうな気がしてきた。

あたしの受験番号は最後の方だった。受験生が試験官に呼ばれて、一人また一人と面接会場へ向かうごとに、胸の鼓動が早まっていく。ついに順番が来て、面接会場の外に置かれた控え用の椅子に座らされた。

すぐ前の女子生徒が、面接会場へ入っていった。ドア越しに、和やかな笑い声が漏れ聞こえてくる。しばらくするとドアが開き、面接を終えた女子生徒が、リラックスした表情で出てきた。

前の子、きっと、うまくいったんだ。あたしは、あんな風に上手に話ができるだろうか。

不安に襲われた時、面接会場のドアがギッと音を立てて開いた。

「広瀬夢生《ひろせむう》さん」

「はいっ！」

自分でもびっくりするほど素っ頓狂《すとんきょう》な声が出た。

面接会場の中は静かで、ガタガタと椅子を引き寄せる音と、三人の面接官がカサカサと紙をめくる音だけが響く。ドクドクという心臓の音が、面接官の耳に伝わってしまうのではと、気が気ではなかった。

簡単な自己紹介の後、それぞれの面接官から、教科に関する質問がいくつかあった。必死で頭の中から言葉を探して答えた。大丈夫。間違ったことは言っていないはず。だが、面接官はにこりともせずにメモを取るだけだ。

どうしよう。こんな感じで大丈夫なのかな……。

不安で胸が押しつぶされそうだ。

最後に、白髪の男性面接官が、ずり落ちそうなメガネを指で押さえながら、上目遣《うわめづか》いにあたしを見た。

「広瀬《ひろせ》さんは、なぜこの大学を志望したのか聞かせてください」

よし、想定内の質問だ。

「はい。私は高校の授業を通して、栄養豊かな牛乳を消費者に提供する酪農の重要性を知りました。また、牛部に所属し、毎日牛たちと過ごす生活の中で、命の尊さを学びました。酪農の盛んな北海道で、さらに勉強し様々な知識を身につけたいと思ったからです」

面接官がうなずきながら、手元の用紙に何かを書き込んでいる。

なんだかありきたりだな。こんな感じで、合格できるんだろうか……。

今、日本の農業従事者数は、全人口のわずか数パーセントだ。その数パーセントの人が日本の食料を支えている。高齢化は進み、農業の担い手不足が叫ばれ、酪農家の数もどんどん減り続けている。あたしたち高校生にとっても、農業の現場で働くというイメージは持ちにくい。

翼《つばさ》が言っていたように、将来はＡＩ導入で農業の形態は大きく変わっていくのかもしれない。人と牛が共に働くような現場は、いずれ化石のような存在になってしまうのだろうか。

でも、そんな現場に飛び込んでいく人間がいても……、いいよね。

よし、これだけは言っておこう。

すっと息を吸うと、再び口を開いた。

「私の夢は、牛と一緒に働いていくことだからです」

そう。あたしは、牛と一緒に働きたい。

ペンを走らせていた面接官が、ふっと顔を上げた。メガネの中の目がわずかに細くなったような気がしたが、面接官は淡々とした調子で言った。

「ご苦労様でした。これで面接を終わります」

「ありがとうございました！」

一礼して部屋を出ると、どっと疲れが押し寄せた。

最悪……。前の子はあんなに和やかだったのに！

暗澹《あんたん》たる気持ちを抱えながら、バス停を目指し、凍りついた雪道をとぼとぼと歩く。突然、ふわっと体が浮いたかと思うと、ドスンと尻もちをついた。

「きゃあっ！」

お尻がじんじんと痛い。

うわあああ〜！　あたし、今滑ったよね……。面接の帰りに滑るなんて、試験に落ちたってことだよ！

絶望に打ちのめされかけた時、誰かがあたしの手をぐいっとつかんだ。

「大丈夫？」

ダウンジャケットの襟からのぞく高校の制服。体を起こしてくれたのは、同じ受験生の男子生徒だ。

ライバルに助けられるなんて、ますます最悪だよ！

「す、すみません！　大丈夫です」

泣き出したい気持ちを必死で押さえながら、お尻についた雪を両手で払った。

男子生徒が、突然あたしを指さして叫んだ。

「あー！　まさかきみって、宮城の子？」

「へ？」

予想もしない展開に、食い入るように男子生徒を見てしまった。

黒縁の眼鏡《めがね》と太い一の字眉、そして赤い頬《ほお》。手を貸してくれたのは、乳牛コンテスト全国大会で会った、鶴寒《つるさむ》農林高等学校の男子生徒だった。

男子生徒は興奮気味に言った。

「すごい偶然だね！　きみも、ここを受験していたんだ！」

あたしも、思いがけない再会にドキドキしていた。

全国大会で共に戦い、悔し涙を流したもの同士がここでまた会うなんて！

「お～い、大地《だいち》～」

いっしょに受験に来た友人なのか、さっきまでいた会場のすぐ前で、男子生徒が手を振っていた。

大地？　この人の名前は大地っていうんだ……。

「今行く～！」

大地は、友人に手を振ると、あたしに笑顔を向けた。

「おれ、鶴寒農林高校の宇賀《うが》大地。良かったら、きみの名前、聞いてもいいかな」

名前だなんてどうしよう。スルーする？　ううん、この人に、あたしの名前を伝えたい。

「広瀬夢生《ひろせむう》……」

大地《だいち》はにっこりとうなずくと、あたしにすっと右手のこぶしを差し出した。

「じゃ、広瀬夢生《ひろせむう》さん。おれたち、春に必ずここで会おう！」

勢いのままに右手のこぶしを差し出すと、大地はこぶしでトンと軽くタッチした。あっけにとられたままのあたしを残し、友人の待つ方へ走って行った。

あたしは、バス停へ向かってそろそろと歩き出した。二度と滑ってなるものか！

それから、タッチを交わしたばかりの右手をコートのポケットに差し込んだ。ポケットの中の右手がぽかぽかと熱い。

どうしよう。合格できる自信なんてないのに、会うって約束しちゃった！

宇賀《うが》大地……。春に、ここで会えるのかな。本当に会えるのかな……。

大きな不安と、かすかに芽生えた希望を胸に、帰りの飛行機に乗った。


十二月六日。

合格発表の日がやってきた。

朝起きると、台所では、母さんが青ジソをのせて焼いた味噌《みそ》おにぎりを作って待っていてくれた。

「まずは、何でも腹ごしらえからだよ」

「うん」

あたしにとって、母さんのおにぎりは力のもとだ。

「とりあえず、学校に行ってくる」

おにぎりを急いで食べると、じっとしていられずに家を飛び出した。

頼むよ！　もう、何でもいいから、合格させてくれ！

神社の鳥居、駐在所、聖書の言葉が書かれた看板……。自転車をこぎながら、目に飛び込んでくるもの全てに願かけをした。

学校に着くと真っすぐ、片倉《かたくら》先生と石川《いしかわ》先生が待つ会議室へ向かった。すでに食品メーカーに就職を決めたおはぎが付き添ってくれると言ったけれど断っていた。もし合格できなかったら、その後どうするかを先生と相談しなければならない。相棒に慰めてもらっている場合ではなくなるのだ。

片倉先生は、カップに紅茶を注いで出してくれた。

「まあ、温かいものでも飲んで落ち着きなさい」

「ありがとうございます……」

ドキドキドキ。すでに心臓が高鳴っている。会議用の椅子に腰掛け、紅茶をすすっては体をカタカタとゆすった。

石川《いしかわ》先生の机には、合格発表を見るためのノートパソコンがスタンバイしていた。

「そろそろかな」

石川先生が、画面に顔を近づけながらマウスをクリックした。カチッという音にびくっとする。

ドキドキドキドキ……。もうだめ、心臓が口から飛び出しそう。いや、腹をくれ！　どんな結果が出ても受け入れて、そこから何ができるかを考えるんだ。

神様、どうかお願い！

ぎゅっと目をつぶった時、片倉《かたくら》先生の声が耳に飛び込んできた。

「うお～、やったぞ！　広瀬《ひろせ》、合格だ！」

合格？　まじで？　うん、本当だ。合格したんだ！

「うわあ～」

体が椅子から跳ね上がっていた。倒れた椅子がガタンとけたたましい音を立てる。

片倉先生と石川先生は、ガッツポーズをしながら喜び合っている。

「やった～！　片倉《かたくら》先生、やりましたね！」

「はい、母校に入学してくれる生徒がいるなんて、ただただ、教師冥利《みょうり》に尽きますよ」

「教師をやってて、よかったですね」

生徒のために、こんなにも喜んでくれている先生と出会えたことが、たまらなくうれしい。

そして、石川《いしかわ》先生が大学へ続く道を示してくれなかったら、今のあたしはなかった。

「おめでとう！　春から広瀬《ひろせ》は北斗《ほくと》農大生だな！」

「ありがとうございます！」

深く一礼した時、宇賀大地《うがだいち》の顔が頭に浮かんだ。

大地も、きっと今日の発表を見ているはず。結果はどうだったんだろう？　そういえば、連絡先も何も知らない……。聞いとけばよかったかな。

ううん、きっと合格している。もしも万が一、同じ大学で会えなくても、あたしたちは必ずどこかで会うはず。なぜなら、大地もあたしも、牛に魅入られた人間。そして、牛と共に働いていきたいと願っている人間だから……。

あたしは、パソコンの画面に並んだ番号の中から、改めて自分の番号を確認し、喜びを噛《か》みしめた。

会議室を出るとすぐに、スマホで母さんにメッセージを入れた。

その夜、母さんは奮発《ふんぱつ》して、スーパーの手巻き寿司を買ってきてくれた。

「おめでとう。ささやかだけれどお祝いだよ。ここまで本当に頑張ったね」

「うん！」

大きな口を開けて、海苔《のりま》巻きを頬張《ほおば》っていると、母さんの声が急に低くなった。

「いよいよ大学生なんだね。知らない土地で大丈夫かな。ご飯とか……」

「心配いらないよ。大学では寮に入るんだし」

あたしは、三月には家を出ていく。こんな風に、一緒にご飯を食べるのもあと少し。

でも今は、新しい生活のことだけ考えさせて。

母さんの温かな懐から、いよいよ巣立っていく時が来たことを、ひしひしと感じていた。

15　夢を追いかけて（二月）

合格の興奮から二か月がたち、ミルキーの出産予定日が近づいてきた。

学校での授業もほとんど終わり、少しでも大学生活の足しになればと、夕方からはスーパーのレジでアルバイトをしていた。それでも、午前中は毎日欠かさず、おはぎと共に牛舎に顔を出した。

出産予定日の二日前、ミルキーが分娩《ぶんべん》用の部屋でそわそわと動いていることに気づいた。

片倉《かたくら》先生がミルキーの様子を見に牛舎に入ってきた。

「片倉先生、ミルキーの様子が……」

「ああ、予定日より早く生まれそうだね」

「ここで見ていてもいいですか？」

「いいよ。もう少し、時間がかかるかもしれないが、何かあったら知らせてくれ」

牛部にいた三年の間、何頭も子牛が生まれたが、お産の瞬間に出会えるチャンスはなかなかなかった。

二年生の時にメイリーンから生まれたミルキー。そのミルキーが今、お母さんになるんだ。見守ってあげたい。

さっそく作業着に着替え、柵の外で待機していると、陣痛で苦しいのか、ミルキーが床にしゃがみ込むようになった。時々背中がぐっと盛り上がり、強い陣痛が押し寄せていることが目に見えてわかるようになった。

一時間ほどそうして待っていただろうか。

授業を終えたみねちゃんとごろちゃん、そしてめぐちゃんが、片倉《かたくら》先生と牛舎に入ってきた。

「いよいよだな」

ごろちゃんたちが、息をひそめるようにしてあたしとおはぎの側に立つ。

やがて、ミルキーのお尻からピンク色の袋が出てきた。すぐに袋が破け、ばしゃりと大量の水が出た。と同時に、子牛の白い蹄《ひづめ》が見えた。

子牛の足が出たかと思うと、また引っ込むを繰り返す。ミルキーは苦しそうにしゃがみ込み、ふうふうと荒い息をする。あたしの胸まで苦しくなってくる。

今すぐ助けてあげたい。でも、あたしにできることは側で見守ることだけ。

頑張って！

間もなく、ミルキーのお尻から子牛のピンク色の鼻先が見えてきた。外の世界へ生まれたらすぐに空気を吸わなければならないのだ。

「ミルキー、もう少しだよ！　頑張れ！」

ううん、ミルキーだけじゃない。子牛だって、生まれてくるために必死なんだよ！

柵を握る手に力が入る。

片倉《かたくら》先生が、子牛の足の出具合を確かめながらつぶやいた。

「よし、次だな」

ミルキーの背中が、ぐうっと大きく盛り上がったかと思うと、敷きワラの上にどさりと子牛が落ちた。

子牛の体からは、もうもうと白い湯気が立ち上っている。

「うわぁぁ、良かった！」「生まれた〜！」

ごろちゃんたちが、興奮気味に柵から身を乗り出している。

新しい命を迎える時は、いつだって特別な高揚感に包まれる。

「あれ？」

子牛の体に、黒白ではなく淡いピンク色の斑点が浮かんでいることに気づいた。

「先生、この子、レッドです！」

「うん、ミルキーの三代前の牛もレッドだったんだ」

片倉《かたくら》先生は、子牛の体をタオルでごしごしとこすりながら言った。

赤色斑、通称レッドは、ホルスタインの代名詞である黒と白の斑点よりも現れにくい劣性遺伝だ。祖母牛のメイリーンと母牛のミルキーには、表面上は黒白斑が現れていたが、レッドの遺伝子はしっかりと受け継がれていたのだ。ずっとずっと前の世代から脈々と……。

あたしも同じだ……。髪がはちみつ色をしているのも、父さん、そしてその前のたくさんの人の命があたしの中に流れ込んでいるから。

会ったこともない父さん。ずっと流れてきた命の川の先に、今のあたしがいるんだよね。だとしたら、父さんに感謝したいことがある。

あたしを生んでくれてありがとう……。

片倉先生は、子牛の股をのぞいて性別を確かめた。オスかメスかで、子牛の運命は大きく変わる。メスならば乳牛として高校に残り、オスならばしばらく後に肉牛農家のもとへ行く。

「メスだな」

片倉《かたくら》先生の言葉にほっとする。生まれた子牛は、高校で命を繋《つな》ぐ役割を与えられたのだ。

「ねえ～、名前はどうするの？」

おはぎにせかされ、我に返る。ごろちゃんたちも声を弾ませた。

「先輩、教えてください」

「うん……」

竹雀《たけすず》農業高校の牛の素晴らしさを、そしてあたしたちの牛への思いを大切に守っていってほしい！

あたしの夢を、この子牛と後輩たちに託そう！

「ドリーム……。ドリームにします」

「わあ、いい名前！」

皆が拍手をしてくれた。

おはぎがあたしの腕をつついて、「夢生《むう》そのものじゃん～」と笑った。

ごろちゃんは、「おれたち、託されちゃったって感じっす」と言って鼻の下を指できゅっとこすった。

「よし。では、ドリームで決定」

片倉《かたくら》先生はノートに子牛の名前を書きこんだ。

「先輩、ドリームの命を、おれたちがしっかりと繋《つな》いでいきますから！」

「先輩たちの夢を、あたしたちが引き継ぎます！」

そう胸を張る後輩たちが、眩《まぶ》しくてならない。

ドリームのまだ濡《ぬ》れているおでこをそっと撫《な》でながら、その小さな命に向かって伝えた。

「ドリーム！　これから、皆と歩いていくんだよ！」

16　雲からも　風からも

三月一日。

卒業式の日がきた。

マグカップに牛乳を注いでレンジに入れ、温まるのを待つ。

入学式の日、真新しい制服姿のあたしを母さんが眩《まぶ》しそうに見たっけ。あれからもう、三年が過ぎたんだ。

暖かな春の入学式と違って、卒業式の頃はまだ冬の厳しい寒さが残っている。

母さんと一緒に、学校への通学路を歩く。

朝方の最低気温は三℃と冷え込み、吐く息がほわほわと白く変わる。

体育館の前で母さんと別れて教室へ入ると、おはぎが背中から抱きついてきた。

「おはよう〜！」

「おはよう」

首に巻きついた腕をほどいておはぎを見ると、髪の毛にワックスをつけて、普段よりもおしゃれにきめている。皆が少しずつ興奮の色をまとって、卒業式の行われる体育館へと歩いていく。

底冷えのする体育館でも、緊張のせいか寒さはさほど感じない。

校長先生の祝辞、来賓の祝辞、在校生の送辞、卒業生の答辞と、式は粛々と続いていく。

職員席にいる片倉《かたくら》先生は、いつもの作業着とは違うスーツ姿で、卒業式が厳粛なものであることを感じさせてくれる。

校歌斉唱が始まると、同級生たちのすすり泣く声が聞こえた。おはぎは肩を上下させながら、ホルスタイン柄のプチタオルを目に押し当てている。この三年間、おはぎにはどれだけ助けられてきたことだろう。最高の相棒に会えてよかった。そして、この学校に来てよかった。先生、牛部の仲間、そして、牛たちに会えたんだもの！

体育館の明かりが涙で虹色ににじんだ。

卒業式を終えると、先に家に帰る母さんを見送り、おはぎと共に牛部へと向かった。

部室の青いドアの向こうには、ごろちゃん、みねちゃん、めぐちゃん、そして片倉先生が待っていた。

牛乳とお菓子のささやかな送別会の後、牛たちとお別れをしに牛舎へと向かった。

ナツキ、バズー、メイリーン、ここから旅立ったナオ。あたしを育ててくれた牛たち、ありがとう！

そして、共に歩いた同志！

あたしは、ミルキーの頭絡《とうらく》を引き寄せ、頬にキスをした。

ミルキーがムムムと鼻を鳴らす。

しっとりとぬれた鼻。焦げくさいにおい。そして、カイロのように温かな体。

あたしは、ミルキーの感触を心に刻みつけた。

最後に哺育《ほいく》部屋にいるドリームのもとへ行った。ミルクをもらえると思ったのか、ドリームは口をパクパクさせながらあたしを見る。長いまつげに縁どられたとろりと濡《ぬ》れた目。

ドリーム、一緒に夢を追いかけようね！

心の中でそう呼びかけながら、頭に浮き出たピンク色の斑点を撫《な》でた。

牛舎を出ると、ごろちゃんたちが、見送りのために部室の前に整列していた。

おはぎが、照れくさそうにつぶやく。

「うちらが、送られる番だなんてさ〜」

本当だ……。ちょうど一年前、愛《あい》先輩を見送ったことが、ついこの間のことのようだ。

「では、二人にささやかなはなむけを贈ります」

片倉《かたくら》先生から白い封筒が手渡された。中には、一年前に愛先輩に渡したのと同じ、青いカードが入っているはずだ。

あの日、青いカードに目を通した瞬間、愛先輩の顔が輝いたっけ。

そこには、いったい何が書いてあったのだろう。

そして、愛先輩は何を感じながらここを旅立ったのだろう………。

「おはぎ、うちらも読んでからいこうか？」

「そうだね〜」

おはぎも好奇心を目に浮かべながら青いカードを開いた。

手書きの文字の羅列。

これが、片倉先生が好きだという詩か……！

胸をときめかせながら目を走らせる。

『……
しっかりやるんだよ
これからの本統の勉強はねえ
テニスをしながら商売の先生から
義理で教はることでないんだ
きみのやうにさ
吹雪やわづかの仕事のひまで
泣きながら
からだに刻んで行く勉強が
まもなくぐんぐん強い芽を噴いて
どこまでのびるかわからない
それがこれからのあたらしい学問のはじまりなんだ
ではさようなら
……雲からも風からも
透明な力が

そのこどもに
うつれ……
宮澤賢治《みやざわけんじ》「春と修羅第三集〔あすこの田はねえ〕」より』

急に、あたりが眩《まばゆ》い光に包まれているように感じ、カードから顔を上げた。

あたしたちを見つめる片倉《かたくら》先生の目が、日の光のように温かい。

片倉先生。あたしにはまだ、この詩が何を言おうとしているのか、本当のところはよくわからない。でも、わずかにわかるような気もする。

だって、これまで泣きながら学んできたことが、確かにこの体の中に刻まれているんだもの
……！

おはぎを見ると目が潤んでいる。きっと、あたしと同じことを感じているんだね。

あたしたちはうなずき合うと、片倉先生、そして牛部の皆に頭を下げた。

「お世話になりました！」

牛部の青いドアを背に、足を踏み出した。

「せんぱ～い！」

「待ってま〜す！」
ごろちゃんたちの声が背中を追いかけてくる。
でも振り返らない。
あたしたちは前を向いて歩いていく。
これから待ち受けているもの。
それもきっと、泣きながら体に刻んでいく勉強に違いない。
胸の奥から熱いものが込み上げ、目のふちに涙が盛り上がった。
涙がこぼれ落ちないように、空を見上げた。
薄い雲がたなびくコバルトブルーの空から、氷のような風が降りてくる。
あたしは、歩む足に力を込めた。
透明な力が、自分に向かって降り注いでいることを感じながら。

《この物語はフィクションであり、実在の人物・団体・出来事とは無関係です。
貴重なお話を聞かせてくださった、宮城県農業高等学校牛部の皆様に、心より
感謝申し上げます。》

参考文献『校本　宮澤賢治全集　第四巻』（筑摩書房）

堀米薫（ほりごめかおる）
農業（稲作、和牛、畑）＆林業をしながら創作活動中。『チョコレートと青い空』（そうえん社）で日本児童文芸家協会新人賞、『あきらめないことにしたの』（新日本出版社）で児童ペン大賞受賞。作品に『なすこちゃんとねずみくん』「あぐりサイエンスクラブ」シリーズ、『林業少年』（ともに新日本出版社）、『この街で夢をかなえる』（くもん出版）、『動物たちのささやき』（国土社）等がある。日本児童文芸家協会会員。全国児童文学同人誌連絡会「季節風」同人。

ミルキーウェイ——竹《たけ》雀《すず》農業《のうぎょう》高校《こうこう》牛《うし》部《ぶ》

2024年12月15日　初　版　　NDC913 174P 20cm

作　者　堀米薫
発行者　角田真己
発行所　株式会社新日本出版社
〒151-0051　東京都渋谷区千駄ヶ谷4-25-6
営業03（3423）8402
編集03（3423）9323
info@shinnihon-net.co.jp
www.shinnihon-net.co.jp
振替　00130-0-13681
印刷・製本　光陽メディア

落丁・乱丁がありましたらおとりかえいたします。

ISBN978-4-406-06826-0　C0093　Printed in Japan